Willy Pastor

Wana - Roman

Willy Pastor

Wana - Roman

ISBN/EAN: 9783744654739

Hergestellt in Europa, USA, Kanada, Australien, Japan

Cover: Foto ©Andreas Hilbeck / pixelio.de

Weitere Bücher finden Sie auf **www.hansebooks.com**

WILLY PASTOR

WANA

ROMAN

LEIPZIG 1897

VERLAG KREISENDE RINGE

(MAX SPOHR)

Erster Teil

Den ganzen Tag hatte der Herbst in den Bäumen
gewütet, nun war es still geworden. Die halbleeren
Bäume krümmten ihre Äste, wie Finger die der Tod
gekrallt hat. Ein schwacher Regen sickerte nieder.
Langsam weichte er die Strassen auf und rauschte
leise, leise in den Kanal, der dort seine schwarzen
Wasser in die Nacht hinüberwälzte. Welkes Laub,
wohin der Regen fiel. Es drang in den schmutzigen
Boden, blinkte in den Pfützen, und liess sich willenlos
fortschwemmen vom Kanal.

Durch das Laub am Uferweg kam lässig ein junger
Mensch. Er schien nicht traurig, auch nicht verstimmt;
und doch lag es in seinen Zügen wie Müdigkeit. Die
Erschöpfung der Natur um ihn her schlich in ihn ein.
Es war ihm unerträglich, zu sehen, wie der Schein
der Laternen so unsicher flirrte, als wollte er zer-

fliessen. Die verwischten Umrisse der Bäume, die haltlosen Schatten, das alles schien so matt, so leblos, wie halbverwest.

In dunkler Masse tauchten einige Frachtkähne vor ihm auf. Er dachte nach. Es mochte einen Monat sein, dass er den Weg zuletzt gegangen war. Auch damals hatten solche Frachtkähne hier gelegen. Aber wie anders war das Bild gewesen! Im Westen glühte ein prachtvolles Rot. Die Schiffer waren alle an Bord. An Deck des vordersten Kahnes war eine kleine Gesellschaft beisammen. Da schwang ein junger Fischer die Harmonika, die andern tanzten eine Art Springtanz, dass die Planken dröhnten, Kinder liefen lachend auf und ab, und der kleine Wachtspitz sprang von Gruppe zu Gruppe.

Und heute? Kaum, dass am Achterdeck ein schwacher Rauch sich zum Schornstein herauswagte. Die Kähne lagen da, so schwer und tot wie das welke Laub, das der Regen auf ihre Planken klebte. Als wären auch sie erschöpft und dämmerten unthätig ihrer Auflösung entgegen.

Inzwischen war er dem vordersten Frachtkahn nahegekommen. Mit einem gleichgültigen Blick auf das gelbe Licht der blinden Gitterfenster wollte er vorbei.

Da plötzlich merkte er auf. Seine schmächtige Gestalt wurde gerade, in seine Augen kam Blick.

Was es war? Nur wenige Töne eines Matrosen-
klaviers. Ganz schwach. Aber mit einem Schlag
hatten sie ihm das Bild der Landschaft geändert. Wie
der Regen niederrieselte ins welke Laub, war ihm, er
klopfe an ein Fenster, das Fenster eines behaglichen
Zimmerchens. Da war nicht Platz für Grübelei und
Trübsinn. Nicht einmal die Wolken störten ihn mehr.
Sie schienen ihm weiche Decken, in die die Erde
sich warm einhüllte gegen den drohenden Winter.

Ganz langsam ging er nun an den Frachtkähnen
hin. Und wie der matte Schein der Kajütenfenster
ihm ins Auge blinzelte, stieg Bild nach Bild in ihm
auf. Er sah sich wieder in dem kleinen Glöcknerhaus,
abseits vom Dorf am Strand. Da stand er gebeugt
am alten Harmonium und hörte sie die stillen Weisen
singen.

Wana . . .

Wie lebendig die alten Weisen wurden in ihrer
Stimme! Diese so leise und doch so volle Stimme.
Das war, als schwöre sie Vergangenes herauf. Und
dann ihr Auge, ihr weites blaues Auge, das in ferne
Welten sah, eine Unendlichkeit von Reinheit und Güte
im Blick — ja, das war es was er suchte. Da sah
er es nahe kommen, wie aus dem Grau der nordischen
Meere, der stolzen Einsamkeit verklungener Tage, der
stolzen Einsamkeit der werdenden Zeit.

Und er lauschte sich tiefer hinein in ihre Lieder,
und während draussen der Regen rann und rann,
dehnte sichs ihm im engen Glöcknerstübchen und liess
ihn die Kleinheit der grossen Welt vergessen.

Er lächelte vor sich hin. Das war sein heim-
liches Glück, seine stille Genesung. Wie der gute
Hollmann ihn warnte und Briefe über Briefe schrieb!
Er hätte von dem abscheulichen Wetter gehört, Hardanger möge doch gleich wieder kommen, und dann
nach dem Süden gehn. Der Sommer sei eine Krise für
ihn, wenn er den nicht bestände, käme Alles in Frage.
Köstlich, wie der kluge Doktor schliesslich staunte, als
sein Patient im Spätsommer wohler denn je zurückkam!

Und die Gelehrten erst! Sie hatten schon trium-
phiert, nun müsse der arme Hardanger doch einsehn,
dass er sich überschätzt habe. Übrigens sei es schade
um ihn, er habe so gute Fortschritte gemacht, grade
die letzte Zeit.

„Schade" — er kannte diese Teilnahme, diese
so schlecht verdeckte Bosheit. Hatten sie nicht ge-
lacht über ihn? Jahrelang? Er werde nie etwas leisten,
ihm fehle die Ausdauer. Von Gebiet zu Gebiet flattern,
naschen an allen Blumen, das möge ja angenehm sein,
aber sonst —! Seine besten Sachen seien Versuche,
geistreiche Versuche voll neuer Gesichtspunkte, aber
doch — nur Versuche.

Bis dann die beiden Sammelbände kamen. Da freilich musste der letzte Professor zugeben, das war nicht Laune und auch nicht Schwäche, was diesen seltsamen Menschen hin- und hertrieb. Hier trug eine Intelligenz planmässig das Material zu einem ungeheuren Bau zusammen, das liess sich nicht mehr leugnen. An diesem Bau gemessen waren ihre stolzesten Paläste blosse Hütten. Und wenn ein Mensch so sehr viel Höheres bot, dann musste man ja wohl — Hochachtung vor ihm haben. Und wenn es abwärts ging mit solchem Menschen, dann war es ja wohl — schade.

Hahaha! Nun musste Hardanger doch laut lachen. So, nur so verstanden sie ihn! Hielten sie ihn nicht für einen Buchmacher? Einen Streber nach Ruhm? Ruhm — bei welchen Wesen? Bei diesem Ameisengewimmel von Menschen um ihn her? Als ob das sein Leben füllen könnte! Das Wissen seiner Zeit beherrschen, weiser sein als alle Weisen vor ihm: als ob er je gezweifelt hätte, dass ihm das gelang! Das hielten sie für sein Ziel, und war doch bloss die lächerliche Einleitung zu seinem Werk, seinem grossen Werk!

Er ging jetzt ganz langsam. Seine scheue Gestalt sank noch mehr in sich zusammen, und misstrauisch wie ein Halbirrer sah er nach rechts und links.

Wenn es ihm gelang dieses Werk, wenn er sich auf der Höhe seines Ruhms zurückzog auf jene ein-

same Insel im Nordland und dort seine Gedanken
Thaten ansetzen liess ...

Er, der scheue kleine Hardanger der Herr der
Welt! Alle Naturkräfte warfen sich vor ihm nieder
wie Parias vor einem Götterwagen. Der Sommer
wollte ihn ausdorren, der Winter erstarren. Aber er
heizte sich den Winter mit dem Sommer, er erleuchtete
seine Nacht mit dem Tag.

Die Stürme rasten um seine Insel, dass Monate
oft kein Boot anlegen konnte. Und doch wusste er
Alles was vorging draussen in der Welt. Denn durch
die Sturmnacht hin, da liefen seine Telegraphen, eine
Leitung ohne Drähte.

Drähte, Maschinen, was brauchte er die! Das
waren Ketten und Käfige, in denen bange Kinder die
Bestie Naturkraft eingesperrt hielten. Er fragte nicht
danach. Die Bestie fürchtete schon seinen Blick. Luft
und Meer selbst waren ihm unterthan. Ihren Strömen
gab er neue Bahnen. Wie eine kleinere Zeit dort den
Kanal gebaut und einen Fluss geleitet hatte nach ihrem
Willen, so lenkte er selbst den Golfstrom und alle
Passate. Er, der Bauherr am Planeten, der Meister
der Sterne.

Er war nun völlig stehengeblieben. Über die
Brüstung gelehnt starrte er hinunter in die dunklen
Wasser.

Dieses Ziel, ja, dieses wahnsinnig grosse Ziel —
es ging nicht ohne Hülfe. Doch wer von denen, die
er kannte, war würdig dazu! Nie hatte er einen Freund
gehabt. Grade dieses Ziel hatte ihn vereinsamt. Er
durfte nicht von ihm reden, man hätte ihn für geistes-
krank gehalten. Und immer tiefer hetzte es ihn hinein
in trostlose Einsamkeit.

Da, in seinen schwärzesten Stunden hatte ihn
immer dieses seltsame Bild getröstet. Eine Hoffnung,
haltlos wie sein Ziel. Er sah sich abseits vom Lärm
der Welt. Ein isoliertes Daheim, ganz still und eng,
mitten drin im Treiben der Grossstadt — vielleicht nur
eine Dachstube. Die Arbeit im Hof liess seine kleinen
Fenster klirren, in der Nebenmansarde hämmerte das
Handwerk irgend eines Meisters.

Dort lag sein stiller Hafen.

Ein Weib war um ihn, ein bleich unscheinbares
Wesen, aber voll ruhigen Stolzes und gelassener
Sicherheit. Sie war sein treuer Kamerad, sie verstand
ihn, auch ohne Worte. Doch wie die Jahre gingen,
wuchs eine neue Generation um sie her.

Dies Weib und diese Kinder, die waren seine
Hülfe. Wenn die kühle Hand seines Weibes ihm auf
der Stirne lag, vergass er alle die Bosheiten der Welt
und ging mit frischer Kraft an sein Werk, sein Werk,
das auch das Werk seiner Kinder war, denn er

liebte sein Weib und liebte seine Kinder wie sich
selbst. — —

Ja, dieser Traum, dieser seltsame, seltsame
Traum ... Wie hatte er an ihm gehalten all die
Zeit! Aber es blieb doch ein Traum. Und wie keine
der Frauen, die ihm entgegenkamen, ihm vertrauter
wurde als seine „Freunde", da sah er es langsam ent-
schweben. Und es wurde seine Krankheit. Er litt
an keiner Schwäche und nicht an Verzweiflung, er
ging zu Grunde an der grossen Einsamkeit.

Und ein neues Bild trat vor ihn hin. Das war
Hollmann, sein Arzt — so eine Bekanntschaft von der
Universität her. Im Präpariersaal hatten sie sich kennen
gelernt, vor einer Leiche, die ihnen gemeinsam zu-
gewiesen war. Hardanger grübelte damals über den
Ausdruck der Gemütsbewegungen und stellte einige
Galvanisierungsversuche an. Hollmann, das „ältere
Semester", sah den etwas ungeschickten Versuchen
lächelnd zu. Er fühlte sich so überlegen wie der Professor, der der Scene mit grosser Würde beiwohnte.
Als aber der Professor nach mehreren scheinbar miss-
lungenen Versuchen die Wertlosigkeit einer Fortsetzung
betonte, gab Hardanger über seine Experimente in
wenigen Worten eine Auskunft, die die beiden spötti-
schen Gesichter doch plötzlich sehr ernst werden liess.
Ohne Aufforderung war Hollmann jetzt dem jungen

Studenten behülflich. Schliesslich assistierte sogar der Professor mit vielem Diensteifer.

Seit jener Zeit hatte sich zwischen Hardanger und Hollmann ein Verhältnis ausgebildet, das Hollmann wohl als Freundschaft ansehen konnte. Er wusste nicht, dass Hardanger ihm nie von seinen eigensten Plänen gesprochen hatte. Doch selbst das Wenige, was er an ihm verstand, genügte ihm, der gegen alle Welt sonst sehr stolz war, sich Hardanger geistig auf Gnade und Ungnade zu ergeben. Er betrachtete sich als den Schutzengel dieses weltentrückten Grüblers. Als Hardanger anfing zu kränkeln, spannte er alle seine Fähigkeiten an, eine schwere Krankheit von ihm fernzuhalten. Er war es auch, der ihn mit vieler Mühe dazu gebracht hatte, jenes Bad an der Nordsee aufzusuchen.

Hardanger hatte endlich gehorcht. Gott, was lag schliesslich daran, ob er in Berlin starb oder an der Nordsee!

Er mietete sich abseits vom Dorfe ein — bei einem braven Alten, der seiner Zeit in der kleinen Dorfkirche als Kantor vorgesungen und in der Schule das kommende Geschlecht herangebildet hatte. Nun war das Geschlecht grossjährig geworden, und der Kantor konnte sich in Ehren zurückziehen. Zum Unterschied vom neuen Kantor nannte man ihn im Dorf den

Glöckner. Der Name hatte Hardanger gefallen, und das war eigentlich das einzige, was ihn in sein neues Heim gebracht hatte.

Freilich, schon am nächsten Tag fand er genug Gelegenheit, sich über seine Schrulle zu ärgern. Nichts war ihm recht. Die scheusslichen Öldruckheiligen an den Wänden, das Geschirr, in dem die gichtische Frau Glöckner ihm den Kaffee brachte (auf der Tasse stand wahrhaftig „wohl bekomm's"!), die Häkeldecken auf dem Sofa, und gar die Nippes auf seinem Schreibtisch — Herrgott, wie die Leute nur so entsetzlich geschmacklos sein konnten!

Er dachte schon ans Ausziehen. Da geschah etwas Merkwürdiges. Als er am Abend des zweiten Tags nach Hause kam, hörte er noch im Garten eine Frauenstimme zu einem Harmonium ein nordisches Volkslied singen.

Es ging ihm eigen tief. In der Stimme lag etwas, das klang, als riefe man ihn beim Namen. Er horchte. Lange, lange. War das nicht wie — Auferstehung? Alles Grosse und Stolze, was er begraben glaubte in Vergangenheit, begraben in sich, schwebte plötzlich um ihn her und zog ihn mit sich.

Wie sie ihn dann ansah, als er eintrat, so ohne Weiteres. Sie war etwas rot geworden, ja, aber es war nicht die unausstehliche Gretchenschüchternheit

der jungen Dame. Sie war so frei bei Allem, so un-
gezwungen und stolz. Ja, das war das Weib, das er
suchte. Sie wusste, was es hiess, in Einsamkeit sich
nicht verlieren. Sie, die junge Waise, die unter
Greisen aufgewachsen war, unter schwieligen Bauern
und Fischern, und doch Wana bleiben konnte, das
Weib mit dem Blick in ferne Welten, mit der Stimme,
die der Erinnerung Fleisch und Blut gab — Wana,
Wana — —

Er raffte sich auf und ging weiter. Sein Schritt
wurde schneller und schneller.

Hoho! Nun sollten sie es versuchen, die
verbissenen Schufte von Gelehrten, und ihn auf-
halten.

Aber im selben Augenblick musste er lächeln.
Nein, die Sorte Gelehrte, die ihm diesmal entgegentrat, war ganz sicher nicht verbissen. Diese kleine Gemeinde, die Spiritisten, die mitten im Geschrei der
Weltstadt ihren stillen Kultus übten, hatte etwas unendlich Rührendes für ihn. Sie waren so ratlos, so
unbeholfen täppisch. Fast that der Gedanke ihm leid,
dass er ihnen eines Tages Kummer machen müsse.
Aber es ging doch nicht anders. Die Naturkräfte,
die er jetzt fesseln wollte, wurden beobachtet nur im
Kreis jener kleinen Gemeinde. Es half nichts, er durfte
kein Mitleid haben.

Und gleichmütig ging er weiter, den Kanal hinauf. An den Ufern drängten die Laternen sich allmählich dichter und die Böschungen fassten jetzt Steinwände ein.

Er war in die Stadt gekommen.

Die Wohnung, die Hardanger aufsuchte, hatte nichts gemein mit der nüchternen Phantastik eines Spiritistenheims. Nichts von jener unangenehmen Mischung, halb Betsaal, halb Laboratorium. Ein Interieur des 18. Jahrhunderts von antiquarischer Stilreinheit. Lauter schwere, alte Möbel, von Menschen ausgedacht, die in festen Verhältnissen fest drinsassen. Viel Schnörkel, viel Mahagoni und eingelegte Arbeit. Inmitten der Stube ein prachtvoller Tisch à la Louis quatorze, darauf irgend eine allegorisch mythologische Scene, von einer Umrahmung schwulstiger Allongeornamentik fast erstickt.

Im Vorraum dieses kleinen Museums hauste die alte Therese — eine Magd, wie sich das Märchen die Hüter verwunschener Schlösser denkt — weisshaarig, krumm, verschlossen. Sie war die einzige, die von ihrer Herrin, Fräulein von Arnold, nach dem Verkauf des Gutes bei sich behalten wurde.

2*

Dieses Fräulein von Arnold gehörte zum Stand
der alten Mädchen. Seit einiger Zeit litt sie an der
Geistersucht. Es war ein seltsames Geschick, das sie
in diese Krankheit hineingetrieben hatte.

Man sagt von den Dienstboten alter Häuser, sie
verständen es, sich durch die Gewohnheit langer Jahre
so unentbehrlich zu machen, dass sie die Herrschaft
endlich beherrschten. Es soll ein schlimmes Regiment
sein, das sie dann führen. Mag sein. Aber es giebt
noch ein schlimmeres: das ist das Regiment der alten
Möbel. Langsam setzt so ein Hausrat sich fest in der
Seele seines Besitzers. Jedes Stück hat mit der Zeit
etwas Persönliches bekommen, so stark persönlich,
dass der Eigentümer selbst schliesslich nur ein Stück
vom Hausrat ist. Er muss Rücksicht nehmen auf das
andere Gerät. Keinen Entschluss darf er mehr wagen
ohne die Einwilligung seiner stummen Verwandtschaft.
Und diese Verwandtschaft ist eifersüchtig, sie duldet
keinen Eingriff in ihre angestammten Rechte.

Ach, Fräulein von Arnold hatte es so schmerzlich fühlen müssen! Wie oft hatte das Glück sich ihr
geboten! und wie oft war sie gezwungen, es aus-
zuschlagen, weil — ihre Möbel es nicht wollten. Jener
frische Gesell, der beim Tod des Vaters damals um
sie anhielt, der hätte ihr das Leben so sonnig machen
können, und sie selbst war ihm so herzlich gut. Als

sie dann aber in ihrer verwaisten Einsamkeit die Frage
überlegte und die alten Möbel um sich sah, die
schweren alten Patriziermöbel, da verblasste das Gold
ihrer Zukunftsbilder. Die graue Vergangenheit lag über
ihr und liess sie nicht los. Mochte der Freier ihr alles
bieten, sie konnte ihn sich in ihr vertrautes Milieu
nicht hineindenken — sie musste lassen von ihm.
Ein Zweiter und ein Dritter kam. Sie sagte Nein und
wieder Nein, und ihr Nein war das Nein ihrer Möbel.

Dann war ihr Schicksal gekommen. Die cheva-
lereske Erscheinung eines jungen Offiziers aus alter
Familie. Sie hatte ihn kennen gelernt bei einem Feste
auf dem Nachbargut. Bei den ersten gleichgültigen
Worten, die sie wechselten, war es in ihr aufgelodert.
Das war der Traum ihrer Einsamkeit! Sie dachte
an ihr ausgestorbenes Heim, dachte sich mit ihm
dorthin, und siehe, es war als schwinde der unsichtbare Staub der Möbel, als wären sie lebendige Gegenwart und grübelten nicht mehr über alte Zeiten.
Was an Leidenschaft in ihrer jungen Seele sich ge-
häuft, an Verbitterung gegen die fremdferne Welt,
an Angst vor verlassener Zukunft, das alles sammelte
sich jetzt in ihr und setzte sich um in Liebe zu ihm.

Er hatte lange keine Ahnung von dem Brand,
den er in ihre fast verdorrte, feuergefährliche Seele
geworfen hatte. Endlich musste er es merken. Er

schien sie nicht ungern zu sehen und liess es sich gefallen, dass gutmütige Nachbarn sie öfters zusammen-
brachten. Böse Menschen freilich wollten wissen, dass
ihr Geld und nicht ihr Herz ihn fessle.

Da geschah das Furchtbare. Er hatte sich bei
ihr angesagt. Sie war fest überzeugt, dass er komme
sich zu erklären, und hatte das ganze Gut hergerichtet
zu dem grossen Ereignis. Mit fiebernden Pulsen sass
sie im Prachtzimmer und wartete. Der Zeiger der
alten Standuhr wies endlich auf die grosse Stunde.
Aber — niemand kam. Der Zeiger rückte von Zahl
zu Zahl. Eine Stunde, eine zweite vergeht. Da endlich hört sie auf dem Hofpflaster den Hufschlag eines
Pferdes. Ganz selig sitzt sie wieder hin und nimmt
ein Buch zur Hand. Aber der eintritt ist nicht er,
sondern sein Bursche. Herr Leutnant könne nicht
kommen, er sei mit dem Pferd gestürzt. Ob schlimm
verwundet? Der Doktor habe gesagt, er könne für
nichts stehen.

Das Bewusstsein will ihr schwinden, aber sie fasst
sich. Einer ihrer Diener reitet mit dem Burschen
zurück. Falls es zu Ende geht, soll er sie unver-
züglich holen. Als es dunkel wird, kommt ihr Diener
wieder — mit der Nachricht seines Todes.

Die alte Therese durchlebte drei fürchterliche Tage.
All ihre gruseligen Grossmuttergeschichten vom Selbst-

mord unglücklich Liebender, Wahnsinn, freiwilligem Hungertod und blindgeweinten Augen schienen ihr plötzlich von unheimlicher Wahrscheinlichkeit.

In der vierten Nacht war der Bann endlich gebrochen. Ihre Herrin war im Nachtkleid, die Kerze in der Hand, an ihr Bett getreten mit der Nachricht, das Gut werde verkauft werden und die Dienerschaft bis auf sie entlassen. Sie selbst aber solle mit ihrer Herrin nach Berlin.

Die Herrin war lange wieder fort mit ihrem Licht, und die alte Therese starrte mit offenem Mund noch immer ins Dunkle. Sie mühte sich vergeblich ab, sich eine Welt zu konstruieren, in der ihre Herrin mit einer einzigen Dienstmagd auskommen sollte, noch dazu in einer Stadt, in der ganz unzählbare Tausende von Menschen um sie her wohnten, Menschen, die nichts thaten als rauben, morden und brennen. Aber in ihren alten Tagen musste sie noch lernen, dass eine solche Welt doch möglich war. Das Gut wurde wirklich verkauft, die Dienerschaft wirklich entlassen, und bei hellem Tag kam sie nach einigen Wochen mit ihrer Herrin in Berlin an.

Fräulein von Arnold hatte das Unglaubliche gekonnt: ihren eignen Willen gegen den ihrer Möbel durchgesetzt. Sie hasste diese Möbel, ohne es selbst noch recht zu wissen.

Einen letzten Sieg noch hatte der Hausrat errungen: die abstrakten Räume der Grossstadtwohnung hatten sich ihm schicken müssen. Niemand, der hier eintrat, wurde an die Weltstadt erinnert. Alte Glasgemälde verdeckten die Aussicht auf die Strasse. Auch bei greller Sonne liessen diese grade nur soviel Licht ein, als sich schickte für diese Räume, in denen alles nur Nachklang war, die zu vornehm waren für ein neues Ereignis. Auf dem Boden lagen dicke Teppiche. Man ging auf ihnen wie auf Rasen. Denn auch der Lärm der Schritte passt nicht in die Ruhe des Alters. Die tiefen Schränke flankierten Fenster und Thüren und ersetzten so die fehlenden Nischen. Kurz, es hatte sich alles so fügsam geordnet, dass die alte Standuhr wohl hätte zufrieden sein können — die mächtige Uhr mit den Schnörkelziffern auf dem vergilbten Blatt, gross, wie es die Augen eines Geschlechts verlangten, das die Welt nur durchs Lorgnon zu sehen pflegte.

Und doch war die alte Standuhr nicht zufrieden. Zwischen sie und ihre Mitmöbel drängten sich da allabendlich verschiedene Neulinge ein, die mit ihr durchaus nicht sympathisierten. Wenn sie doch mindestens ihren Zweck hätte einsehen können. Aber das formlose Zeug schien nicht mal einen Zweck zu haben. —

Auf einem Spieltisch am Fenster zwischen zwei

lichtbraunen Mahagonischränken brannte die Rococo-
lampe, ihre Kugel verdeckt von einer feinen roten
Seide. Dort sass Fräulein von Arnold mit verweinten
Augen gegenüber einem schlichtgekleideten Mädchen.
Sie hatte eben ihre Geschichte erzählt. Mit jener
Mysterienfeierlichkeit, mit der einsamgewordene und
nicht einsamgewohnte Menschen alle Welt in ihr Geheimnis einweihen — unter dem Siegel der Ver-
schwiegenheit natürlich.

„Nun wissen Sie alles, und nun werden sie begreifen, mein liebes Fräulein Kuhn, was mich diesen
Spiritisten nahegebracht hat. Mit dem Leben habe
ich abgerechnet. Meine einzige Hoffnung ist das Jenseits, wo ich mit ihm vereint sein werde."

Fräulein Kuhn, ein ätherisch bleiches Wesen,
wurde sehr verlegen. Ihre grossen Augen hatten mit
visionärem Blick, dem Blick aufs Meer, der Erzählung
gelauscht. Nun wurden sie unsicher.

„Gnädiges Fräulein — ich weiss nicht — sehen
Sie, ich bin Ihnen so dankbar. Wenn ich daran
denke, wie meine Verwandten mir mitgespielt haben,
und wie Sie so gut zu mir sind, oh, Sie glauben
nicht, was ich alles für Sie thun könnte. Ich war ja
schon so ganz überzeugt, dass die Andern Recht
hatten, dass ich zu nichts gut wäre und ihnen nur
das Brot wegnahm. Ja, Sie brauchen nicht zu lachen.

Aber wie Vater den Krampfhusten bekam und fast
erstickte und ich Schuld an allem war —"

In ihren langen Wimpern flimmerten Thränen.
Fräulein von Arnold redete ihr zu. Das seien ganz
gewöhnliche Fälle in der Geschichte der Medien.
Wen Gott zu einer Offenbarung seiner Wunder auserlesen habe, der müsse erst geläutert werden durch
körperliches Leiden. Sie habe jetzt grade ein Buch
gelesen, in dem das ganz genau bewiesen war.

Aber Fräulein Kuhn war nicht beruhigt damit.

„Das ist es ja gerade, was ich nicht weiss, ob ich
auch wirklich auserlesen bin. Das mit den Gestalten
ist doch kein Beweis. Ich habe sie gesehen. Aber im
Fieber sieht man doch auch Gestalten, die nicht da sind.
Wenn das bei mir nun auch Einbildung war?"

Fräulein von Arnold schüttelte überlegen den
Kopf: „Das wissen wir besser."

„Nein, nein. Ich muss immer an meine Verwandten
denken. Sie sind hart zu mir gewesen, aber sie haben
es doch gut gemeint, und ehrlich sind, sie auch. Alle
haben es sehen wollen und haben sich redlich Mühe
gegeben. Aber sie haben nichts gesehen. Und wie
sie dann sagten, es wäre nur Einbildung —"

„Es war keine Einbildung."

„Aber wer kann denn das beweisen?"

„Hardanger hat es gesagt."

„Hardanger —" um die Augen des bleichen Mädchens zuckte es scheu. Sie sprach leise und furchtsam. „Kennen sie ihn schon lange?"

„Nein erst seit kurzem. Aber ich verstehe mich auf Menschen und kenne mich in ihm aus. Er ist ein Sonderling, aber er ist doch zuverlässig in allem was er sagt, in seiner Art beinah ein Ehrenmann."

„Das glaub ich gern. Aber hat er nicht etwas Unheimliches an sich?"

„Unheimlich? Ganz und gar nicht. Im Gegenteil, ich finde ihn sehr oberflächlich. Er nimmt unsere Sache etwas gar zu materialistisch. Aber, mein Gott, wer von den jungen Herren heutzutage thut das nicht! Sie nennen das naturwissenschaftlich. In ihrer Verblendung geben sie sich allen Ernstes noch mit den albernen Behauptungen solcher Leute wie Darwin ab. Nun, man ist eben wissend und sieht darüber weg. In jedem Fall leistet Herr Hardanger uns gute Dienste."

„Das freilich. Wenn jemand mich —" sie schreckte zusammen vor dem Klingeln, das vom Gang her in die Stube hineinschrillte.

„Das wird er sein. Man braucht nur von einem Menschen zu sprechen."

Hardanger trat ein mit Doktor Hollmann.
Hollmann, eine korrekte, fast militärische Erscheinung
von tadellosen Allüren. Hardanger stellte ihn vor.
Er sei der Mediziner, von dem er gesprochen habe.
Bei dem Ernst, den die Seancen allmählich annähmen,
sei es immerhin gut, einen Mediziner zur Stelle zu
haben. Dann fragte er nach Carus und Caritas.

„Sie sind noch nicht da" meinte Fräulein von
Arnold mit einem Blick auf die Standuhr, „aber sie
müssen gleich kommen. Wir können ja inzwischen
alles ordnen."

Sie rief nach der Magd. Therese erschien,
mürrisch, wie immer, wenn die neuen Gäste dawaren,
in den Händen eine kostbare porzellanene Waschschüssel, auf dem Arm ein schwarzes zusammen-
gefaltetes Tuch.

Nun begann das Arrangement. Zunächst wurde
der Louis quatorze in eine Ecke gerückt und die Breit-
seite dem Zimmer zugekehrt. Unter ihm erhielt die

Waschschüssel ihre Stelle. Dann wurde um die Tisch-
beine her das schwarze Tuch geschlagen. Man be-
festigte es an der Platte. Mit jenen Haken, niit
denen man in Gastwirtschaften die Tischtücher gegen
den Wind schützt. Das Tuch warf auf der Erde
Falten, bildete also unter dem Tisch einen völlig
dunklen Raum. Nur an der Vorderseite war es aus-
einanderzuschlagen.

Therese hatte inzwischen ein neues Requisit
herbeigeholt, einen mächtigen Theekessel, solide
alte Kupferarbeit. Fräulein von Arnold setzte ihn auf
ein altfränkisches Salonkochgestell und zündete die
Spiritusflamme drunter an. Noch eine zweite Waschschüssel wurde zur Stelle geschafft. Sie war leer.
Fräulein von Arnold legte zwei Päckchen Paraffin
hinein und stellte sie in die Nähe des Kochers.

Damit war die Scenerie für einen höchst wich-
tigen Akt vollendet. Ein materialisierter Geist hatte
nun die Möglichkeit, die Gussform seiner Hände der
dritten Dimension zu übermitteln. Sobald die Materialisation sich zeigte, wurde das heisse Wasser in die
zweite Schüssel geschüttet, sodass das Paraffin sich
löste. Dann wurde diese Schüssel unter den Louis
quatorze neben die erste gestellt, und der Geist
hatte Gelegenheit, in jener Dunkelkammer durch ab-
wechselndes Eintauchen in die heisse und die kalte

Schüssel eine feste Paraffinschicht um seine Hände zu legen. Die einfache Dematerialisierung befreite ihn aus seinem starren Handschuh, und der fertige Abguss schwamm im kalten Wasser.

Freilich, an dieses ausserordentliche „Phänomen" konnten vorläufig nur die kühnsten Hoffnungen Fräulein von Arnolds glauben. Gelang es aber erst einmal, dann war auch Aussicht, eine Photographie der vollen materialisierten Gestalt zu erhalten.

Auch dafür war bereits gesorgt. Ein vorzüglicher Apparat war angeschafft, das Objektiv von einer Brennweite, die auch die leiseste Erscheinung zeichnen musste.

„Den Apparat!"

Die alte Therese verstand den Befehl nicht recht: „Die Photographiermaschine?"

„Ja doch!" Fräulein von Arnold war bereits etwas nervös geworden über die Vorbereitungen.

Therese brachte Lederkasten und Gestell.

„Herr Hardanger" bat Fräulein von Arnold, „würden Sie so freundlich sein und mir — aber mein Gott, was machen Sie denn da?"

Hardanger hatte aus einem kleinen Packet, das er mitgebracht hatte, eine Federwage und ein mässig dickes Seil genommen. Er war grade beschäftigt, dieses Seil an den Deckenknöpfen der beiden Schränke zur Seite des Spieltischs zu befestigen. Nun erklärte er den Zweck.

„Sehen sie, gnädiges Fräulein, nach den beiden ersten Sitzungen steht heute eins der sogenannten physikalischen Phänomene zu erwarten. Wir werden wohl einen gewissen Druck oder eine Spannung an unserm Tisch beobachten. Der Apparat, den ich mitgebracht habe, hat nun den Zweck, die Höhe des Druckes oder der Spannung zu ermessen."

Fräulein von Arnold wurde ernstlich böse.

„Bester Herr Hardanger, ich halte es doch nachgerade für meine Pflicht, sie darauf aufmerksam zu machen, dass ein derartig frivoles Experimentieren mit Kräften, die über uns stehen, durchaus nicht als moralisch zu bezeichnen ist. Ganz abgesehen davon, dass Sie selbst an unerwünschten Folgen böse Erfahrungen machen könnten."

„Verzeihen gnädiges Fräulein, Sie wissen so gut wie ich, dass es gute und böse Geister giebt, und dass die Ausnutzung der bösen nicht den Prinzipien der Moral widerspricht."

„Aber wie wollen Sie die guten von den bösen unterscheiden?"

Hardanger wusste recht gut, worauf es ankam: „Sobald sich die leiseste Andeutung einer Manifestation des Verstorbenen kundgibt" hier verneigte er sich respektvoll, „haben Sie ja mein Wort, dass ich mit allen meinen Experimenten sofort zurücktrete und ganz Ihren Intentionen zu Gebote stehe."

Diese Erklärung versöhnte Fräulein von Arnold wieder, und sie sah nun mit einer gewissen Neugier den Vorbereitungen Hardangers zu. Das Seil schwebte bereits zwischen beiden Schränken. Hardanger hakte die Federwage ein. Dann rückte er den Spieltisch zurecht — die Lampe hatte er auf den Louis quatorze gestellt — und schob den unteren Haken der Federwage unter die obere Schmalseite des Tisches, sodass dieser nun zur Hälfte schwebte.

Mit wenigen Worten erläuterte er Fräulein von Arnold das Ganze.

„Wollen sie sehen, auf welche Zahl die Federwage weist.

„Auf drei."

„Der Tisch wiegt also drei Kilo. Ich werde ihn nun ein wenig belasten. Auf welche Zahl weist jetzt der Zeiger?"

„Auf fünf."

„Ich habe also einen Druck von zwei Kilo ausgeübt. Wenn ich nun den Tisch ein wenig hebe —"

„Schon gut, ich verstehe. Wollen Sie mir nun den Apparat herrichten."

Als Hardanger dabei war, den Apparat zum

Schein — er wusste, dass diese Art Experiment vorläufig nicht gelingen konnte — aufnahmefähig zu
machen, klingelte es wieder.

Carus und Caritas. Merkwürdige Gestalten!
Beide in zeitlosem Diefenbachkostüm. Er mit Christus-
haar und Christusblick, obwohl ganz bartlos. Sie
bleich und verhärmt, mit dem Gesicht eines kranken
Kindes. Mit der Spiritistenformel „Gott zum Gruss!"
traten sie näher. Carus schaute Hollmann, den er
zum erstenmal sah, mit tiefem Seherblick ins Auge,
ehe er ihm ein „Willkommen!" bot. Caritas wiederholte nur mit dürrer Kinderstimme: „Gott zum Gruss."

„Es war Zeit, dass die Herrschaften kamen"
meinte Fräulein von Arnold, „mit den Vorbereitungen
sind wir so ziemlich fertig."

Während Carus und Caritas sich mit Fräulein
Kuhn unterhielten und Hollmann Hardanger half,
über der Federwage seine Taschenuhr anzubringen,
vollendete Fräulein von Arnold ihr Einleitungswerk.

Es blieb ihr nicht mehr viel zu thun. Aus einem
der Schränke nahm sie zwei berusste Bogen Papier
und legte sie sorgfältig unter den Spieltisch. Auch
sie waren bestimmt für etwaige Materialisationen. In
ihren spiritistischen Schriften hatte Fräulein von
Arnold von Fussabdrücken gelesen, die materialisierte
Geister bisweilen auf berusstem Papier hinterlassen.

Nun konnte sie sich zwar nicht recht vorstellen, dass ihr ritterliches Ideal mit nackten Füssen vor ihr sollte erscheinen können, aber sie wollte doch lieber zu viel als zu wenig gethan haben. Und schliesslich — wer wusste, er kam ja aus dem Land der Wunder.

Nun noch das letzte, worauf sie die meiste Hoffnung setzte: Material für eine schriftliche Mitteilung aus dem Jenseits. Bei einer derartigen Korrespondenz hatte der Geist zwei Möglichkeiten. Er konnte, bei direkter Materialisation, selbständig schreiben. In diesem Fall bediente er sich der Tafel und des Griffels, die Fräulein von Arnold in einem entlegenen Winkel* verbarg (Geister lieben bei ihren Schreibübungen keine Beobachtung). Oder aber er nahm Besitz vom Medium und schrieb durch dessen Hand. Für die Anwendung dieser bei den Geistern üblicheren Methode sprach die grössere Wahrscheinlichkeit. Fräulein von Arnold liess das Medium zur Probe Platz nehmen, dass Bleistift und Papier ja handlich lägen. Den Bleistift musste sie genau parallel der Langseite des Tisches legen, da er bei den in Aussicht gestellten Experimenten Hardangers sonst herunterrollen konnte.

„So!" Fräulein von Arnold sah sich noch einmal um und fragte dann Hardanger: „Nun können wir ja wohl beginnen?"

„Die Dunkelkammerlaterne fehlt."

Therese brachte die Laterne der Photographiermaschine. Hardanger steckte sie an und setzte sie
auf den Schrank hinter sich, so dass er die Ziffern
der Federwage noch ablesen konnte.

„Wollen die Herrschaften nun Platz nehmen."

Der Spieltisch schwebte mit seiner oberen Schmalseite im Haken der Federwage. Gegenüber dieser
Wage nahm das Medium Platz, Fräulein Kuhn. Links
von ihr liess Hardanger seinen Freund und Carus
sitzen, rechts Fräulein von Arnold und Caritas. Man
legte die Hände flach auf den Tisch. Der Tisch war
klein genug, dass die kleinen Finger der Nachbarn
sich berühren konnten. Ein Zickzack von Fingern
rahmte nun den Tisch ein. Nur die obere Schmalseite blieb frei.

Noch einmal musterte Hardanger den Zirkel und
das Zimmer. Dann ging er an den Louis quatorze
und löschte die Lampe. Er selbst nahm darauf seinen
Beobachtungsposten hinter der Federwage ein.

IV

Alle waren sill und voller Erwartung. Die alte Standuhr tickte schwer und langsam, als schüttle sie ihr greises Haupt über die fremde Welt da drüben. Die roten Scheiben der Dunkelkammerlaterne glühten dumpf. Auf der gegenüberliegenden Wand zeichneten sich in schweren Massen die Umrisse der Schrankverzierung ab, hinter der die Laterne stand. Die Gesichter der Zirkelsitzer brannten wie im Widerschein eines höllischen Feuers. Und in die unheimliche Stille hinein summte und brodelte das Wasser über der Spiritusflamme.

Eine Viertelstunde war vorüber. Die Zirkelsitzer hatten erst in ihren Fingerspitzen das Blut pochen gefühlt, dann war es wie ein Reissen durch die Finger und schliesslich durch den Arm gegangen. Nun das erste gemeinsame Symptom: über ihre Hände strich ein kühler Windhauch, als werde drüber geblasen. Es war keine Täuschung. Alle hatten es gleichzeitig bemerkt, hatten sich erstaunt angesehen und sich dann zugenickt. Jetzt sahen sie wieder stumm vor sich hin. Noch gespannter, noch aufmerksamer.

In diesem Augenblick kam aus der Ecke des Zimmers ein schwaches Pochen.

Fräulein von Arnold schrak zusammen: „Es hat geklopft." Ihre Stimme klang tonlos heiser.

„Der Theedeckel" antwortete Hardanger gleichgültig. Aber nicht einer lachte über die Verwechslung.

Wieder sassen sie eine Weile. Da fing der Tisch an, mit den Standfüssen sich zur Seite zu schieben.

„Die Hände ganz locker!" verlangte Hardanger.

Nur die Fingerspitzen berührten noch leicht und schwebend die Platte. Und doch wollte der Tisch nicht zur Ruhe kommen. Ein eigensinniges Schaben und Kratzen über den Teppich hin.

Hardanger verneigte sich leicht zu Fräulein von Arnold.

Mit einer Stimme, in der das Pochen ihres aufgeregten Herzens bebte, that Fräulein von Arnold ihre Frage: „Bist du es, Egon?"

Nun hob sich die rechte Seite des Tisches langsam fast einen Zoll über den Boden und fiel dann dumpf auf den Teppich zurück. Fräulein von Arnold wartete mit fiebernden Pulsen, dass noch zwei weitere Schläge kommen sollten. Aber es blieb bei dem einen. In der Sprache der Geister ein Nein.

Jetzt war Hardangers Augenblick da. Er bat
die Zirkelsitzer, ihre Hände unter den Tisch zu legen,
so dass jetzt die Daumen der Nachbarn sich berühren
mussten.

Wieder blieb es eine Zeitlang still. Dann zum
zweitenmal das Schaben der festen Tischseite. Hardanger stand da mit zusammengepressten Lippen,
zwischen den Augen eine tiefe senkrechte Falte.

„Werde schwer!"

Der Zeiger der Federwage sank langsam von
der Zahl drei bis nahe an vier.

Nun liess Hardanger die Zirkelsitzer die Hände
wieder auf den Tisch legen. Er wartete wieder das
Schaben ab und verlangte: „Werde leicht!"

In langsamer Stetigkeit stieg der Zeiger nun
auf zwei.

Hardanger wiederholte das Experiment mehrere-
mals. Der Nullpunkt war bald erreicht, und er be-
schränkte sich nur noch auf die Belastung. Immer
liess er dabei die Kette unter dem Tisch schliessen,
damit nicht ein unwillkürlicher Druck die Angabe
des Zeigers beeinflusse. Es gelang ihm, den Zeiger
bis unter neun zu bringen. Als jedoch die Zahl
zehn fast erreicht war, schnellte der Tisch hoch, als
versage plötzlich die belastende Kraft.

Hardanger erklärte die Sitzung für aufgehoben.

Die Kraft des Mediums dürfe nicht überanstrengt
werden.

Das angenehme Licht der grossen Lampe durch-
flutete wieder das Zimmer. Die Zirkelsitzer sahen
sich gegenseitig an. Jeder wunderte sich im stillen
uber die andern, wie bleich und abgespannt sie waren.

Ohne ein Wort war Hardanger Hollmann nach dessen Wohnung gefolgt. Hardanger, ganz vergrübelt in die Anregungen, die der Abend ihm gegeben hatte, Hollmann in der Vorbereitung zu der Strafpredigt, die er Hardanger halten wollte.

Sie waren sehr bald da; ihre Gedanken hatten sie fast laufen lassen. Hollmann setzte Wasser auf seinen Spirituskocher; die Präliminarien zu einem Schlummerpunsch. Dann ging er nervös auf und ab, um auszuholen. Hardanger sass ruhig in der Sophaecke und sah in die Flamme. Endlich platzte Hollmann los.

„Lieber Hardi, das geht nicht so weiter! Meinst du, ich soll ruhig zusehen, wie du mir alles wieder verdirbst mit solchen nervösen Geschichten?"

Hardanger lächelte ruhig vor sich hin. Das erboste Hollmann vollends.

„Wenn du auf mich nicht hören willst, solltest du doch mindestens an jemand anders denken!"

Darin verstand Hardanger keinen Spass. Er sah seinen Freund sehr ernst ins Auge.

Aber der Doktor liess sich nicht irre machen: „Ohne Phrase, glaubst du, dass bei den Geschichten Geister ihre Hände im Spiel haben?"

„Ganz gewiss."

„Na, dann lass dir sagen, dass du hier nicht mehr Urteil hast als die Tante mit den schönen Möbeln. Ja, lache mich nur aus! Hol mich der Geier, wenn der Fall nicht mechanisch zu erklären ist. Ich kenne jetzt deinen Reichenbach und die andern Schreibereien über Od und tierischen Magnetismus. Das kann ich dir sagen, Druck war das heut Abend nicht, aber an Zug hast du nicht gedacht."

„Brav. Weiter."

„Auf jeden Fall war die Kraft auf deiner Wage unsre Kraft."

„Na ja, unser Medium ist ja auch solche Riesendame."

„Aha, das wollt' ich nur hören. Und so was nennst du Beobachtung! Vor der Sitzung hast du Fräulein Kuhn scharf angesehn. Sollte wohl leichte Hypnose sein. Aber diesmal war der Hypnotisierte doch schlauer als der Hypnotiseur. Wenn du besser aufgepasst hättest, wäre dir da ein ganz eigentümlicher Blick bei der jungen Dame aufgefallen. Die

Odbeobachter haben gefunden, dass das Od am stärksten aus den Augen und Fingern ausstrahlt, und dass die Sensitiven es auch am besten mit Augen und Fingern einsaugen. Nun, wenn der Blick deines Mediums nicht an dir gefressen hat, will ich nicht Hollmann heissen."

„Du meinst also —"

„Ich meine, dass Wir den Tisch gedrückt und gehoben haben. Du hast nicht allein geblutet. Wir im Zirkel haben es alle fühlen müssen. Ich bin wie zerschlagen, und die andern sahen aus wie Gespenster."

„Lass mich ausreden. Du meinst, Fräulein Kuhn hat die Fähigkeit, von andern Menschen Kraft in sich einzuziehen."

„Wie gesagt, der eine Blick hat es mir bewiesen."

„Da könnte ich dir noch ganz andre Dinge erzählen. Du kennst nicht die Vorgeschichte des Mediums. Ihr Vater ist biederer Schuster. Der Mann arbeitet unter anderm für unsre Gönnerin. Nun, die hohe Dame kommt eines Tags höchstselbst runter in die Werkstatt vom alten Kuhn (er ist nämlich Portier in ihrem Haus). Da hört sie ein fürchterliches Geschrei. Wie sie eintritt, sieht sie, dass der Schuster fürchterlich hustet und schon ganz blau im Gesicht ist. Seine Frau Gemahlin lässt ihn ruhig husten und vergnügt sich einstweilen damit, ihre Tochter mit Fuss-

tritten zu regalieren. Die hockt in der Ecke, lässt
sich ruhig treten und sieht nur sehr ängstlich auf
ihren Herrn Papa. Das Erscheinen der Baronin giebt
der Gesellschaft etwas Haltung. Der Schuster sinkt
auf den Bettrand und hustet nur noch in Intervallen,
wie ein abziehendes Gewitter. Frau Schuster fängt
an zu heulen, und mit der Schürze vor den Augen
erklärt sie Fräulein von Arnold das lebende Bild. Das
da, ihre Tochter nämlich, ist an allem schuld. Sie
kann nichts thun als faulenzen und den Andern das
Brod wegessen. Zum Arbeiten ist sie zu krank. Aber
die Eltern sind keine Rabeneltern, und alles was recht
ist, sie haben sie immer gut behandelt. Aber seit ein
paar Wochen wird es ihnen doch zu toll. Das da
liegt nur noch im Bett und machts ihnen graulich
mit Gespenstern. Es geistert ihr, muss man wissen.
Dann verlangt sie, dass man sie anfassen soll und
ansehen. Seit der Zeit ist es aus. Der Schuster, Frau
Schuster und ihr Neffe, der Gesell, haben das Glieder-
reissen davon bekommen. Gestern Abend war sie
selbst, Frau Schuster, wie blind. Und heute morgen
nun das; sie weist auf ihren Herrn; ist das nicht zu
toll? Sie sieht auf Fräulein von Arnold und denkt,
die muss entrüstet sein. Aber Fräulein von Arnold
ist — selig. Sie hat die Seherin von Prevorst gelesen
und in der Geschichte der Schusterstochter mehrere

Parallelen entdeckt. Nun denkt sie an ihren Egon. Bei der Seherin sind Geister erschienen — warum denn bei der Schusterstochter nicht? Sie hat ja schon welche gesehen. Nur jemand Medizinisches, der was versteht von der Sache, und die Schusterstochter wird das beste Medium. Bei dem Medicinischen denkt sie nun an mich. Sie hat mir nämlich in einer Gesellschaft ihr Schicksal erzählt. Dir doch auch schon? Noch nicht? Na, das entgeht dir nicht. Ich fing damals grade mit meinen Spiritistenstudien an und sprach ihr davon. Die Kuhns geben ihr auf ihren Wunsch natürlich sofort das Wechselbalg von Tochter mit, und ich — hm, ich habe mich gehütet, abzuschlagen. Ich wette, aus dem Mädchen lässt sich in wenig Wochen ein ganz vorzügliches Medium machen."

Hardanger hatte behaglich breit erzählt, mit jener Freude an künstlerischer Ausführung, die Hollmann so sehr an ihm bewunderte. Er wusste also doch, was Hollmann glaubte allein beobachtet zu haben. Hollmann wurde darüber sehr kleinlaut. Sollte Hardanger wirklich nicht selbst den Schluss ziehen können? Er konnte sich das nicht vorstellen. Hardanger würde jedenfalls gleich fortfahren. So schwieg er, machte den Punsch zurecht und setzte sich Hardanger gegenüber.

Doch Hardanger fuhr nicht fort, und so musste der Doktor wieder anklopfen.

„Wenn du so klar einsiehst, dass unsere Kraft in das Medium hinüberfliesst, warum soll denn unsere Kraft nicht auch den Tisch gezogen haben?"

„Bester Hollmann, sieh, hier ist mein Protokoll. Die Sitzung dauerte 58 Minuten, die Summe der Zug- und Druckkräfte ist 79 Kilo. Um diese 79 Kilo in nahezu einer Stunde zu heben, sollen also wir fünf Personen, das Medium abgerechnet, uns angestrengt haben, dass wir bleich und zerschlagen wurden davon?"

„Also ist Kraft verlorengegangen. Dass das bei solchen nervösen Gelegenheiten möglich ist, darüber brauch' ich dir doch keinen physiologischen Vortrag zu halten."

„Wenn nun aber bei solcher nervöser Gelegenheit einmal mehr Kraft, viel mehr Kraft produziert würde, als alle Teilnehmer zusammen ausgeben können in der Zeit?"

„Das müsste ich erst sehen."

„Das wirst du, in den nächsten Tagen. Zunächst erlabe dich mal an einem Beispiel. Bei einer Seance, ich war selbst dabei, sitzt ein vierzehnjähriger Knabe als Schreibmedium da. Wir waren vier Beobachter. Ausser mir Vater und Mutter des Knaben, die alten Wegners, du kennst sie ja, und Hauptmann von Sander, die Strandkanone nennen sie ihn. Die Sitzung war bei hellem Tag, wir vier waren am Schluss so frisch wie am Anfang, ausser dem braven Sander. Aber das hatte seinen Spezialgrund. Also der Junge fängt an und schreibt. Sander glaubt nicht recht an den Zauber, geht grinsend zu dem Jungen hin und will ihm den Arm festhalten. Was glaubst du, was geschieht? Der Arm fährt ruhig fort. Sander wirft sich in Stellung und hält den Jungen mit der Rechten die Hand fest, mit der linken den Arm. Er stemmt sich gegen den Stuhl, er wird puterrot vor Anstrengung. Aber die Schreibhand schreibt weiter, als ob gar nichts wäre. Du kannst mir glauben, ich habe mich selten so amüsiert wie damals. Ein Bombenkerl von Hauptmann und kann ein halbes Kind nicht zwingen."

Nun lächelte Hollmann fein: „Erinnerst du dich noch an das alte Weib, das wir im Irrenhaus sahen, als wir Schling besuchten? Sie war dürr und verhutzelt, man konnte sie mit dem kleinen Finger umtippen. Und nun kriegt sie ihren Raptus, und da wirft sie einen Zirkusathleten von Wächter über den Haufen."

„Gut, gut. Aber erinnerst du dich auch, wie das Weib danach zusammenklappte und einen vollen Tag dalag wie ein Häufchen Elend? Der Junge aber

— schade, dass du ihn nicht gesehen hast! Ich fühlte dem Kerlchen nach seiner Leistung den Puls — völlig normal! Übrigens hat schon der alte Zöllner was Ähnliches erlebt. Dem flog in der Gegenwart seines Mediums ein neuer Bettschirm in Stücke. Er sieht das Ding genauer an und berechnet, dass zu dem Kunststück ein Zug von 99 Zentnern gehört. Da hätten sich ein halbes Dutzend brave Fleischergesellen schon tüchtig anstrengen müssen. Und es waren doch nur drei deutsche Gelehrte und ein englisches Medium."

Hollmann dachte lange nach, aber auch hier noch fand er einen Ausweg.

„Meinethalben ist es keine Krankheit und auch kein Od. Dann bleibt eben noch eine Elementarkraft zu entdecken. Ein paar Tropfen Nitroglycerin leisten schliesslich dasselbe wie deine sechs Fleischergesellen. Warum soll der Körper, oder die Odhülle, oder der Astralleib oder Gott weiss was bei solchen Sonderlingen von Medien nicht auch so eine Art Nitroglycerin in anderer Form absondern."

Hardanger zuckte die Achsel: „Erkläre nur so weiter, von Fall zu Fall, das ist höchst wissenschaftlich. Möchte nur wissen, wo ihr alle eure lächerliche Geisterfurcht her habt."

„Mensch, Hardi, so überleg dir die Sache doch

bloss praktisch! Geister, Geister! Schön, es soll ein persönliches Fortleben nach dem Tod möglich sein. Jeder tote Mensch wird ein lebendiger Geist. Nun sorgt aber der letzte Schuster und Fleischergesell für die Fortpflanzung seines Geschlechts. Jedes Jahr werden Millionen Menschen neu geboren, jedes Jahr sterben Millionen. So geht es nun schon durch ungezählte Jahrtausende. Milliarden Geister scheidet das Menschengeschlecht aus. Und nun soll für jeden eine neue Kraft eingesetzt werden? Eine Kraft, die rein, persönlich hinübergeht? Ja mein Gott, wo sollen denn die Milliarden alle hin da drüben? Und wo sollen denn die andern Milliarden hier her?"

„Ja ja, das ist so eure Betrachtung der Geschichte. Mensch ist Mensch. Ob der Mann vor tausend Jahren gelebt hat oder heute, das ist euch einerlei. Wofür nehmt ihr eigentlich geologische und biologische Bücher in die Hand, wenn ihr doch nicht drüber nachdenken wollt? Nun weisst du so genau wie ich, dass unser lieber Planet seiner Zeit ohne Menschen auskam, und auch mal ohne Menschen auskommen wird. Nur die Kraft, die er jetzt in uns anlegt, hat er immer gehabt. Er hat sie früher in glühenden Metallen kapitalisiert und jetzt in Menschen. Kannst du dir denn gar nicht denken, dass er sie einmal in das hinübergleiten lässt, was wir jetzt Geister nennen?"

„Hardi, Hardi, nun wirst du mir doch gar zu praktisch. Der Kosmos ist keine Börse, und das Leben spekuliert nicht in Arten."

„Eben weil es das nicht thut, glaube ich an ein Geisterreich. Der Mensch, wie alle Arten, ist blosser Kraftfilter, ein Organismus der atmosphärischen Konstitution, der angesetzt und abgestossen wird, wie es das grosse Leben im Weltall draussen verlangt."

„Wenn die Geister wirklich so viel feiner sind als die Menschen, wie kommt es, dass du ihnen in einer Sitzung einfach kommandieren kannst, sie sollen dir einen Spieltisch leicht und schwer machen?"

„Schon wieder der Doktor. Mensch und Mensch ist euch eins, und Geist und Geist auch. Der verbissenste Kultusspiritist giebt dir zu, dass seine bekanntesten Phänomene ausgehen von Geistern niederer Ordnung oder Stufe. Dass man anfangs jeden Geist für überlegen hielt, war wie die Schwärmerei für edle Wilde des neuentdeckten Weltteils. Nun nimm die Lehre, die mir das Facit aller Naturwissenschaft scheint, dass der Mensch ein Organismus des Planeten ist für Kraftfiltration, oder wie dus nennen willst, und versuch dir mal einen Augenblick den Unterschied von Mensch und Mensch klarzumachen. Wenn du feinen Sand haben willst, musst du den Grund erst durch ein grobes Gitter schaufeln, dann durch ein feines und noch feineres, bis du endlich am Sieb bist. Wenn nun der Erdball die feine Kraft haben will, die er erst durch seine Menschen filtriert, meinst du, er könnte gleich bei der höchsten Art Mensch, beim feinsten Gehirn anfangen? Oder das erste beste Gitter, ein Fleischergesell vielleicht, wäre ihm genug?"

„Das wäre also so eine Art Reinkarnations-lehre."

„Oder Seelenwandlung, Metempsychose — wenn dir Begriffe fehlen sollten. Soviel ist jedenfalls sicher, dass der Planet seine Filtrierarbeit nicht mit irgend einem Packträger oder Professor abschliesst. Die Kraft, die er beim Tod herausnimmt aus der Form Pack-träger oder der Form Professor, giesst er auch wieder hinein in eine neue Form, eine feinere Form. In der Zwischenzeit aber kann die Kraft nicht verloren sein. Und dieses Zwischenreich, Hades, Scheol, Fegefeuer, das ist das Reich der Geister, der Schatten, die sich bei Eglinton photographieren liessen und dem guten Zöllner seinen neuen Bettschirm ruinierten."

„Hm — ja — wenn die Sache so läge, das wäre ja ganz interessant, aber weiter doch auch nichts. Dann verstehe ich wirklich nicht, wie du jetzt alle deine ernsten Arbeiten liegen lassen kannst

für dieses Reich der Schatten, das doch nur verächtlich ist."

Hardanger sprang auf. Eine Erregung wühlte in
ihm, die Hollmann nicht verstand.

„Verächtlich? Verächtlich? Du, sag das nicht!
Hast du wieder vergessen, wie bleich wir alle waren
heut Abend? Das Medium hat unsere Kraft auf-
gesaugt, sagst du. Ja, aber sie ist nicht beim Medium
geblieben. Das Mädchen konnte sich kaum auf den
Beinen halten nach der Sitzung. Wo ist ihre Kraft
hin? Wo ist unsere Kraft hin? Und noch was andres:
wo kam die Kraft bei Zöllner her? Wo kam sie beim
kleinen Wegner her?"

Ein paarmal ging Hardanger auf und ab. Dann
blieb er stehen. Seine Stimme war leise, aber Hollmann merkte, wie schwer es ihm wurde, seine innere
Wut zu beherrschen.

„Sieh dir diese Menschen an, die Medien! Denk
an Schling, den wir ins Irrenhaus gebracht haben:
seine Kraft war zum Teufel, ganz plötzlich, ganz ohne
Grund. Denk an Maupassant, an Nietzsche — be-
greifst du, was das heissen will, dieses ungefährliche
Geisterreich? Das ist ein Polyp, der umklammert uns
und saugt an unserm Blut. Die Leute schreien von
Entartung, von Decadence, aber sie wissen die Ursache nicht. Sieh doch, wie der Polyp aufschwillt

jetzt, wie er immer weiter langt mit seinen Fängen. Da ist die Gemeinde der Spiritisten. Erst waren es nur Einzelne, die der Polyp auspresste, Reichenbachs Sensitive. Dann kam Methode in seine Arbeit. Er liess sie Ketten bilden und hatte nun eine Leitung, das Medium, der Sensitivste, war der Krahn; er öffnete ihn und hatte neues Wasser für seine Mühle. Und die Ketten werden grösser. Überall schliessen sie jetzt Zirkel und bilden Kette. Jeden Monat wandern einige Zentner Spiritistenlitteratur in die Familien. Hoho, sieh doch, wie das Aas von Polypen um sich frisst! Hollmännchen, Hollmännchen, das wär dir wohl sehr komisch, wenn wir auf einmal so eine Massenwahn- krankheit bekämen, so im Stil Mittelalter, Flagellanten, Veitstänzer."

Hollmann sass da mit zitternden Nerven. Dieser unerschrockene Mediziner, der nie persönliche Feig- heit gekannt hatte, empfand etwas wie Angst. Wie Hardanger so leise sprach, wie er sich über ihn beugte — es war unmöglich, nicht mit in seine Vision zu schauen. Hollmann sah plötzlich vor sich dieses „Aas von Polypen", er sah ihn seine Fänge schlingen um die Welt, eine Welt, wie er sie nie gesehen hatte und nun doch so deutlich sah.

„Huh, hast Angst, Hollmännchen? Still Kleiner, wir wollen ihn schon zwingen."

Nun sprang Hollmann auf. Wie Hardanger ihn jetzt ansah, dieser irre, scheue Blick, das war Schlings Auge, Schling, als er ihn zur Anstalt brachte.

„Hardi!!"

Aber Hardanger liess sich nicht halten. Er hatte schon Hut und Mantel, und ohne Gute-Nacht-Gruss lief er weg.

VI

Wieder den Kanal hinunter. Er lief mehr als er ging. Erst an dem breiten Wehr in der Tiefe des Tiergartens blieb er stehen. Lange, lange sah er über die Brüstung hinein in die Schaumwellen. Aus dem Lärm des schiessenden Wassers schwebte ein Bild vor ihm auf, ein stolzes, prächtiges Bild.

Er stand am Rand seiner einsamen Insel im Nordland. Über den Fels her bäumte ein Wetter sich hoch. Die Wellen vor ihm bildeten Sturmkolonnen, und die Möven, die Adjutanten der See, schossen von Welle zu Welle. Um ihn her das Land lag schwül in Erwartung. Die ganze Insel schien sich zu ducken. Das einsame Leuchtfeuerhäuschen war wie verkrochen vor Angst.

Nur er, er fühlte sich frei und fühlte den stolzen Prometheusmut. „Ich dich ehren? Wofür?!" Der Wind zerrte an ihm und schrie ihm ins Ohr, die Wellen schlugen brüllend hoch und höher, aus dem schwarzen Himmel krachte der Donner. Er aber

lachte, lachte laut auf. Denn sein Geist schaute die
herrliche Zeit, da er den Blitz auffing und arbeiten
liess, da die Wellen seine Mühlen trieben und die
Winde ihn über den Erdball trugen.

Hahaha! Mit dem Meer und allen Winden wollte
er fertig werden, und das Reich der Schatten sollte
ihn beherrschen? Oh, die Canaille hatte die Menschen
dieses Planeten so oft umkrallt — es war an der Zeit,
dass die Menschen hier ausglichen. Dem Reich der
Geister die Kraft zu entziehen, die sie uns entzogen;
die da drüben mit Krankheiten bescheren, ihnen ein
Mittelalter schaffen mit Hexenprozessen und Geissler-
zügen, und uns eine Renaissance, eine Zeit der Sonne
und des Lebens . . .

„Ja, Wana, eine Renaissance, dir, dir allein.
Das Mittelalter taugt dir nicht, seine Geister sollen
dir nicht mehr gruslig machen. Ich will sie dir
zähmen, und sie sollen dir aufwarten wie dressierte
Pudel. Haha, sie können sehr drollig sein, die bösen
Gespenster!"

Er war wieder aufgefahren und rannte mit grossen
Schritten durch das welke Laub in die Nacht hinein.

Die Geister wollte er sich fangen; doch seine
Schlingen sollten die Medien sein. Medium wie Geist,
was lag ihm an beiden! Die einen hatten den Leib schon
halb ausgezogen zum Hinüber, die andern wieder halb

angenommen zum Herüber. Beide noch ungeistige Menschen, grobkörniges Material für Wiedergeburten. Was
vom Reich der Schatten hineinsah, war minderwertig,
was hinaussah, war krank. Diese Menschen von der
Nachtseite des Lebens, die Medien, die wie ein Fisch
nach dem Tageslicht schnappten und es doch nicht
vertrugen, hatte man verehrt als Offenbarungen. Offenbarung! Mit diesem Glauben hatte man sich den
Geistern preisgegeben. Wurde je von solchem Seher
ein tiefes Problem gelöst? War ihnen je eine Er-
findung gelungen? Sie sprachen wirklich, was ihnen
eingeflüstert wurde, die wirklichen Medien, sie hatten
ein Ohr für die Sprache der Geister. Aber — was
konnte Gutes kommen vom Reich der Schatten!
Intelligenzen, die den ganzen Wust noch unreifer
Menschen mit hinübergenommen hatten, waren ihre
Propheten. Dem somnambulen Visionär erschien noch
ein alter Graubart von Herrgott, die Erde stand ihm
im Mittelpunkt der Welt. Alles war Nachklang ver-
hallter Religionen, abgegrübelter Gedanken. Und
solche Offenbarungen nannte man genial? Medium
und Geist! Im Genie der Planet als schaffender Gott,
im Medium eine Kuh, die wiederkäut, dort ein Herr-
scher, hier ein Spielzeug der Natur — und beides
hatte man verwechseln können?

Aber brauchbar war das Medium, brauchbar als

Instrument. Verehren wollte er es nicht. Der Wilde
betet sein Ruder an, der moderne Mensch verehrt
nur die Kraft in sich selbst, die dieses Ruder leitet.
Nicht vor dem Ruder niederknieen, sehen lieber, wie
man es führen kann!

Nun sass er nieder auf einer einsamen Bank und
dachte nach.

Ja, damit musste er den Anfang machen. In den
ersten drei Sitzungen hatte er mit seinem neuen
Medium ganz die Steigerung im Erfolg, die er berechnet hatte. Noch zwei Wochen etwa, und der
Druck, den er von seinen Geistern ausüben liess, war
gross genug zu einer Übersetzung in Arbeit. Er würde
dann die Sitzungen in Hollmanns Laboratorium verlegen. Die Kraft liesse mit den Hilfsmitteln dort sich
leichter in Weg umsetzen, so dass sie Arbeit leistete.
Hollmanns kleine Dynamomaschine würde schwirren,
er könnte Akkumulatoren füllen.

Wieder sprang er auf und ging durch das Laub.
Seine Phantasie sah den Erfolg in ungeheuren Di-
mensionen vor sich aufwachsen.

Ah, wie er dann die Versuche ausdehnen wollte!
Er würde schreiben, würde Reden halten. Überall in
den Zirkeln ahmte man ihm nach. Und überall wurden die Geister ausgenutzt zur Arbeit. Dann zentrali-
sierte er die Zirkel, dann vereinfachte er sie. Konnte

man schliesslich nicht selbst den Menschen ausschalten und die Kraft auf Maschinen direkt wirken lassen? Wie man die Zirkel der Manufakturarbeiter löste, konnte man erst die Wolle auf die Räder der Maschinen spannen.

Dann war sein Ziel erreicht. Die Spekulation stürzte sich auf seine Pläne, tausend Riemen sausten und Räder trieben, und die Geister zogen Strassenbahnen, machten die Grossstadt hell und — hihi, sie druckten die Schriften, in denen man über sie lachte!

Dann aber —

„Wana, mein Weib, weisst du noch, die einsame Insel? Ich zeigte sie dir in meinen Träumen, und der Regen rauschte ans Fenster. Du aber schautest mich an, und in deinen Augen glühte ein stilles Glück. Komm, Wana, mein Weib, hier ist kein Platz für uns."

Es war spät in der Nacht, als er sich endlich
niederlegte.

Zwei Stunden mochte er geschlafen haben, da
wurde er geweckt von einem seltsamen Geräusch.
Halb noch im Schlaf hörte er einen vollen, metal-
lischen Ton. An der Decke und den Wänden seines
Zimmers hallte es wie von einer Harfensaite über
tiefem Resonanzboden. Er unterschied deutlich mehrere Obertöne, die leise zitternd mitschwangen. Und
die Obertöne vereinten sich zu einem Akkord, in dem
es von geheimer Wehmut so schmerzlich bebte, dass
es ihn jäh aus dem Schlaf herausriss.

Aber nun war nichts zu hören. Nur der Regen
noch, der an das Dachkammerfenster schlug und sich
klatschend in der Rinne sammelte.

Es war wohl ein Traum gewesen. Er legte sich
wieder hin.

Da — wieder. Und nun hörte er es in vollem
Wachsein. Dort an der Wand verklang es. Nein,

verklang nicht. Es war, als ginge es durch die Wand und zitterte nun draussen in der kalten Regennacht.

Ja, draussen, im Freien. Ganz deutlich sah er um sich die schwarzen Wolken, aus denen der Regen in schrägen Streifen niederfiel auf die flachen Grossstadtdächer. Dann klang es weiter, immer weiter, über weite Flächen mit nackten Bäumen und schmutzigen Landstrassen.

Plötzlich stand der Ton. Und nun war es als ob er zerfliesse, so langsam verklang er. Doch wie er schwand für das Ohr, wurde er sichtbar fürs Auge. Ganz unvermutet brach er dann ab, wie der Ton einer Glocke, die man festhält.

Aber in diesem Augenblicke sah Hardanger auch ein Gesicht, klar, grell klar. War es möglich — Wana?

Ja, Wana. Er kannte sie wieder, Zug für Zug, er fühlte sie. Aber so war sie ihm nie erschienen. Ihr Gesicht schimmerte schneebleich durch das Schwarz der Regennacht. Und dieses Gesicht war verzerrt von einem grässlichen Schmerz, und ihre Augen flackerten umher in hilflosem Suchen.

„Wana!" Er schrie laut auf. Da war es weg. Noch eine Zeit hörte er den Regen um sich schluchzen und sah kahle Bäume auf öden Ländern — wie im Blitzlicht dann unter sich ein Meer von Dächern, und er empfand sich wieder in seiner Kammer.

Lag er? Als der Ton ihn geweckt hatte, hatte er sich doch aufgesetzt. Dann war er wach geblieben und hatte sich nicht wieder gelegt, die ganze Zeit nicht. Und trotzdem lag er nun?

Mechanisch richtete er sich auf. Jede Bewegung wurde ihm schwer. Er machte Licht und sah auf die Uhr. Es war kurz nach vier.

Das Licht aus und wieder niedergelegt. Er wollte nachdenken über seine Vision, aber es war ihm unmöglich. Nicht einmal bewegen konnte er sich. Wie abgestorben pressten seine Glieder sich ein in das Bettzeug. So lag er und starrte zur Decke, bis der graue Morgen in das Zimmer dämmerte. — —

Der Tag war vorüber. Der Abend schlich in seine Kammer hinein, der farblose Abend eines bleiernen Oktobertages.

Da sass er und grübelte. Er hatte ihr geschrieben, dann hatte er telegraphiert, schliesslich wollte er selbst hinreisen. Aber ein letzter Rest praktischer Vernunft hielt ihn zurück. Er wollte erst auf Antwort warten. Schliesslich, konnte nicht alles auch Einbildung sein? Er hatte zu viel gearbeitet die letzte Zeit, seine Nerven waren überreizt. —

„Konnte nicht alles auch Einbildung sein?" Ach, er hatte sich das den Tag über so oft wiederholt! den ganzen Morgen, als er durch die leere Vorstadt ging, über die kahlen Felder in den Herbst hinein. Er war gegangen bis zur Erschöpfung, aber es hatte nichts geholfen. Immer wieder kamen die schwarzen Bilder. Wie seine Vernunft ihnen wehrte, es war alles umsonst.

Dann hatte er sich daheim aufs Sofa gestreckt. Er lag wie begraben in einem tiefen, lethargischen Schlaf. Aber der Schlaf brachte keine Erholung. Er stand auf mit tauben Nerven und zerschlagenen Gliedern. Und nun, wie die Schatten der Nacht schwärzer und schwärzer in sein Zimmer hineinwuchsen, wälzte sichs über ihn her, so dumpf und pressend, dass seine Ahnung halb schon Gewissheit war.

Es klopfte. Er sprang auf, sein ganzer Körper zitterte.

Aber es war nur Hollmann. Hardanger zwang sich zur Fassung. Hollmann sollte nichts merken, er war eifersüchtig auf seinen Schmerz.

„Du willst mich wohl abholen zur Sitzung? Bedaure, heute kann ich nicht kommen."

„Was, du als Zirkelleiter willst fehlen? Aus welchem Grund?"

„Weil mir die Menschen dort nicht gefallen."

„So plötzlich? Aber —"

Das einfache Aber machte Hardanger wütend:
„Ja, so plötzlich!"

Hollmann sah ihn fragend an. Das nahm ihm die letzte Fassung.

„Himmel, glotz mich nicht so an! Wenn ich dir unangenehm bin, bitte, ich halte dich nicht!"

Hollmann war nach dem vergangenen Abend auf ein nervöses Benehmen Hardangers gefasst, und ohne irgendwelches Zeichen der Erregung sprach er auf ihn ein mit der Vertraulichkeit des Arztes.

„Hardi — wem sagst du das! Weissgott, ich will nicht sentimental werden, aber verdient hab ich das nicht. Die ganze Nacht habe ich über dich gegrübelt und heute den lieben langen Tag Spiritisten-weisheit verschluckt. Du hast mir Angst gemacht gestern Abend. Dein Blick, als du fortliefst, der — ja der erinnerte mich an Schling — direkt an Schling, und zwar Schling an seinem bösen Tag."

„So! Du möchtest mich also auch —"

„Bitte hör mich ruhig an. Siehst du, als ich herkam, nahm ich mir vor, du gehst zu ihm als Doktor. Du sagst ihm nichts von gestern Abend, du thust als wäre gar nichts vorgefallen. Aber kaum seh ich dich, ist mein Latein zum Teufel. Und nun muss ich mit dir über dich selbst sprechen wie mit einem Kollegen bei der Beratung. Sieh, ich habe etwas geahnt die Nacht, dass du plötzlich umklappen könntest, um ganz für dich Spiritismus zu treiben.

Das sah dir ja so ähnlich. Aber das ist deine Gefahr. Dann ist die Halluzination nicht mehr weit, und
Schling auch nicht. Du kannst einstweilen nicht von
deinen Untersuchungen zurück. Das würde dich im
Unklaren lassen, und das Unklare ist für dich Gift.
Aber du hast die Pflicht, dir selbst gegenüber und
gegenüber jemand Anders, dass du bei den Untersuchungen nicht allein bleibst. Zum mindesten nimm
mich dazu. Am besten einen ganzen Zirkel. Und
wenn es das schon sein muss, warum nicht bei Fräulein von Arnold bleiben?"

Bei der Anspielung auf Wana war Hardanger
aus seinem Brüten aufgefahren.

„Schön, ich komme mit!"

Hollmann war glücklich über seinen Erfolg. Als
er aber Hardanger ins Auge sah und die heisse Un-
ruhe bemerkte in seinem unsicheren Blick, zog es wie
Schatten über seine Freude. — —

Das Medium, Carus und Caritas warteten bereits
bei Fräulein von Arnold. So konnte die Sitzung
gleich beginnen.

Das düstere Wesen Hardangers wollte Fräulein
von Arnold nicht gefallen. Sie hatte etwas gelesen
von einer notwendigen Harmonie der Zirkelteilnehmer
und bemühte sich, Hardanger aufzuheitern.

„Soll ich Ihnen helfen die Federwage anbringen?"

„Die Federwage ist heute nicht nötig."

„Sie haben andere Experimente vor?"

„Ja."

„Und die Instrumente dazu?"

„Wollen die Herrschaften sich setzen."

Diesmal nahm Hardanger selbst mit Platz am Tisch. Er sass dem Medium gegenüber an der unteren Schmalseite, so dass der Kreis heute völlig geschlossen war.

Wieder glühte das Rot der Dunkelkammerlaterne auf den Gesichtern der Zirkelsitzer, die Standuhr tickte und der Kessel summte.

Zehn Minuten etwa waren vorüber, als der kühle Hauch über die Hände glitt und der Tisch ins Beben kam. Fräulein von Arnold holte bereits aus zu ihrer Frage. Aber noch ehe sie dazu kam, drängte sich in das Schweigen Hardangers Stimme, heiser vor Aufregung.

„Wana?!"

Es klopfte, einmal, zweimal, dreimal.

Ein Wirbel von Ideen kreiste in Hardangers Vorstellung. Tausend Fragen drängten sich ihm auf, aber nicht eine kam über seine Lippen. Mehrere Sekunden verstrichen, in denen die Zirkelsitzer wie fasciniert dasassen.

Da zuckte es am oberen Tischende. Das Medium

hatte die rechte Hand freigemacht. Ihr Arm wand sich in Zuckungen wie unter einem elektrischen Strom. Dann griff sie zum Bleistift. Noch einmal fuhr ihr Unterarm auf; nun fiel er schwer nieder aufs Papier und fing an zu schreiben, hastig, schnell, als ob die Finger zitterten.

Mit weiten Augen, vornübergebeugt sah Hardanger zu. Zug für Zug erkannte er die Schrift. Eine rasende Ungeduld brannte in ihm. Das Medium schien ihm unendlich langsam zu schreiben, und einen Buchstaben nach dem andern las er die Worte.

„Heini, komm, ich muss bald sterben."

Er stöhnte nur dumpf auf wie ein getroffenes Tier, dann fiel sein Kopf schwer auf den Tisch.

Sofort drängten die Andern sich um ihn. Doch er sprang auf, stiess sich durch sie hindurch und stürzte fort.

Zu Hause fand er einen Brief. Er erkannte die Schreiblehrerhand ihres Grossvaters. Wana sei ernstlich erkrankt. Heute Morgen gegen vier habe sie einen schweren Erstickungsanfall gehabt. Hardanger möge doch gleich kommen. Sie habe solche Sehnsucht nach ihm.

Ohne jede Vorbereitung lief er zum Bahnhof.

VIII

Als der Zug in die Bahnhalle der Endstation einlief, dämmerte der Tag. Hardanger trat fröstelnd ins Freie. Der Kutscher war sehr erstaunt, als er den Namen des Dörfchens hörte.

Dann fuhren sie den Weg an der Küste hin. Der Tag war grau und leblos. Keine scharfe Linie am Horizont, weder Licht noch Schatten im Meer. Die Wellen selber rollten matt zum Strand, in ihrem Rauschen war kein Hall. Eine einsame Möve flatterte vor ihnen her, ziellos, verweht, wie ein welkes Blatt im Winde. Und nun fing es auch noch an zu regnen, mit diesem leisen grässlichen Nebelregen, der ihn nun all die Tage verfolgte.

An den ersten Häusern entliess er den Kutscher. Das Dorf schlief noch. Wie ein Verbrecher schlich er über das alte Pflaster und schrak zusammen, wenn ein Hund hinter einem Hofthor anschlug.

Endlich lag das Dorf hinter ihm. Und nun tauchte in der Ferne die Bauminsel auf, in der die

Glöcknerwohnung lag. Die Thränen traten ihm ins
Auge, als er das weisse Giebelhäuschen mit dem
roten Ziegeldach zwischen den Baumstämmen sah.
Die Bäume waren so kahl, so verfroren nackt. Wie
er sie kannte bisher, war es ein grüner Urwald gewesen, der sein stilles Heim warmbehaglich versteckte.

Er zögerte, die weisse Gartenthüre aufzuklinken.
Ihm war, als müsse er die Thüre erst begrüssen.
Sie hatte immer etwas Persönliches gehabt für ihn.
Wenn bei Sonnenschein das Schattenmosaik der über-
hängenden Bäume so lustig auf den weissen Stä-
ben tanzte, oder wenn die Stäbe bei Nebel stumpf
hinstarrten auf die Landschaft. Und heute der
feine Regen, der das Gitterwerk herunterrieselte wie
leises Weinen — es schien ihm einen Augenblick
unmöglich, dass diese Thüre nicht mit ihm fühlen
sollte.

Das Knarren der rostigen Angeln weckte den
Spitz, ihren bernsteingelben Spitz. Er hatte unter
der Hausthür geschlafen und sprang nun bellend
auf Hardanger zu. Hardanger streichelte ihn mit
wehmütigen Lächeln und ging auf das Haus zu.

Er hatte die ausgetretene Steintreppe noch nicht
rstiegen, als die gichtische Grossmutter ihm auf dem
Krückstock entgegenhumpelte.

„Ach Gott, Heinrich, Heinrich, das Unglück, nein,

das Unglück! Vor vier Tagen noch ganz gesund, und heute — o du grundgütiger Himmel!"

Und nun erzählte sie ihm mit vielen Thränen und Wiederholungen, wie das Unglück gekommen war. Am Freitag musste sie sichs geholt haben. Sie hatten kein Petroleum mehr daheim, und Wana sollte ins Dorf zum Krämer. Es war wohl etwas feucht draussen, es regnete auch etwas. Aber warm angezogen war sie gewesen, ja, weiss Gott, das war sie. Und den dicken Shwal, den von ihrer Mutter selig, hatte sie auch um. Aber als sie zurückkommt ist sie blass und klappert mit den Zähnen. Sie legt sich ins Bett, und die Grossmutter kocht ihr selbst einen Thee, einen guten kräftigen Pfefferminzthee.

„Aber glaubst du, das hat geholfen? Nichts hat es geholfen, reineweg gar nichts. Das Fieber hat sie bekommen die Nacht und hat quergesprochen. Und gestern Morgen um vier — ach Gott, ach Gott!"

Sie war nicht sparsam mit ihren Thränen. Hardanger schob sich an ihr vorbei auf das Zimmer hin, in dem Wana liegen musste.

Wana — es überlief ihn kalt, als er vor ihr stand. Grosser Gott, war das noch Wana? Wie war es doch möglich, dass ein Mensch in wenigen Tagen so zusammenfiel! Das Gesicht war totenbleich, die Züge schwer und müde, das Auge glänzend, aber von einem kranken unheimlichen Glanz. Und erst die Stimme, oh, diese Stimme, die eine Welt für ihn war, was war aus ihr geworden!

Sie sprach im Fieber, und der Klang ihrer Stimme war so haltlos wie ihre Rede.

„Wana, Wana, kennst du mich nicht?"

Sie wurde still und sah ihn an. Für einen Augenblick kam Bewusstsein in ihre Augen.

„Heini —"

Er hätte aufschreien mögen bei dem Wort. Das war ihre Stimme wieder, ihre innige, tiefe junge Mutter-Stimme. Wie im Blitzlicht sah er noch einmal die Welt, die nun in Trümmer auseinanderfallen sollte.

Der Spitz schlug wieder an.

Ihr Grossvater und der Arzt.

„Herr Har — Heinrich, Gottseidank, dass du gekommen bist."

Der kleine Kantor, der seine Schulmeisterwürde so rein in seine alten Tage hinübergerettet hatte, war wie umgewandelt. Keine gemessene Bewegung mehr, kein ruhiges Wort. Vom Krankenbett sprang er zu Hardanger hinüber, sah dem Arzt ängstlich ins Gesicht, sprach mit seiner Frau.

Der Arzt, ein behäbiges Beichtvatergesicht — Hardanger kannte ihn flüchtig vom Sommer her —

hatte inzwischen die Untersuchung beendet. Hardanger zog ihn beiseite.

„Nun?"

Der Doktor zuckte die Achseln: „Phtisis miliaris acuta."

„Und Sie meinen —"

„Exitus letalis unvermeidlich."

„Letalis?!"

„Letalis. Das einzige ist Morphium. Übrigens wird es gut sein, wenn Sie die Patientin einige Stunden allein lassen. Sie hat eine schlechte Nacht gehabt."

Er schrieb das Rezept. Der Glöckner riss es ihm fast aus der Hand und lief damit weg.

Die Kranke lag wieder in Delirien. Noch einmal versenkte Hardanger sich in ihre Züge. Dann überliess er sie der Pflege ihrer Grossmutter und ging hinauf in sein Giebelstübchen.

Da stand er nun wieder in den lieben vier Wänden. In schmerzhafter Schönheit stand das Bild seines verlorenen Glückes vor ihm. Er schlug die Hände vor das Gesicht und warf sich aufs Bett. Nichts sehen mehr, nichts fühlen, nur vergessen!

Aber es liess ihn nicht mehr los. Wie er dalag mit krampfhaft geschlossenen Augen, hörte er den Regen auf den letzten Blättern der alten Birke rascheln. Diese Birke am Fenster, durch die er die Welt gesehen hatte in den glücklichsten Tagen seines Lebens — wie die Erinnerungen ihn jetzt alle quälten! So hatte es damals im Laub geraschelt, wenn der Regen fiel, der spinnwebfeine Regen. Gradeso hatte es geknistert, als liefen tausend Käfer durch die Blätter. Und er sass hinter der Birke, spät in die Nacht hinein, und wurde nicht müde seiner Arbeit, denn es galt ihre Zukunft.

Diese Birke, oh, diese Birke! Wie es fein in ihr sang, wenn in blauen Nächten der Mond dort aufging überm Meer. Er strahlte golden durch das dunkle Laub, und in den nahen Blättern schien er selbst so greifbar nahe. Dann stieg er höher, und es war, als höbe die Nacht der Sterne ihre Hände hoch und breitete sie segnend über dieses Haus.

Wohin, o Gott, wohin? —

Der Regen floss und floss, und in das feine Rieseln auf dem welken Laub prasselten plump die Tropfen der Dachrinne.

IX

Ein goldner Sonnenstreifen fiel schräg durchs Zimmer. Das Fenster stand halb offen. Die Luft war so mild, so mild wie dieser ganze Tag. In seiner einsamen Schönheit schien er sich in dem grauen Herbst verirrt zu haben. Ein Vogel zwitscherte vom Dach. Auch er so fremd, so märchenfremd, wie leises, wehes Erinnern an ferne Frühlingszeit.

Sie sass aufrecht, den Rücken gestützt auf einen Wulst von Kissen. Aus ihren Augen schaute der weite Blick der Vision, und ihre bleichen Züge schienen grösser, edler als je. Nur ihre Stimme war leise, wie in feierlicher Scheu vor der Erhabenheit des nahen Todes.

Er hatte sie gebeten, nicht zu sprechen, es strenge sie an. Doch sie wollte reden.

„Mit diesem Leben ist es ja nun aus, und ich kann nicht hinüber, ohne Dir alles zu sagen."

So hörte er das Leiden dieser verschlagenen, einsamen Seele.

Der Sarg der Mutter war das erste klare Bild
ihrer Kindheit. Von allem, was vorher lag, waren
ihr nur ganz schwache Erinnerungen geblieben. —

Ihre Mutter hatte sie sehr lieb gehabt, aber hatte
nicht viel mit ihr gesprochen, das wusste sie noch.
Sie hörte später viel von ihr reden. Die ganze Gemeinde — ihr Mann war der Pfarrer gewesen —
hatte sehr auf sie gehalten. Nie hatten sie eine so
herzensgute Seelsorgerin gehabt, eine wahre Heilige
für alles Elend. Aber mit dem Tod ihres Mannes
war es zu Ende. Sie wurde still und vergrübelt.
Zwei Jahre später starb sie, ohne dass der Doktor
eigentlich wusste weshalb.

Seltsam, die Gemütsstimmung der Mutter schien in
sie hinübergeglitten zu sein. Alle im Dorfe mochten sie
gern, selbst die wildesten Fischerjungen wurden still
bei ihrem sanften, blauäugigen Wesen. Und doch
fühlte sie sich verlassen. All das, was das Leben der
Menschen um sie her aufwühlte, schien ihr so nichtig.
Doch von dem Grossen, was die Seele wirklich packen
soll, wusste Niemand unter ihnen. Sie selbst auch
nicht. Aber die Sehnsucht danach war da, und ein
Gefühl der Einsamkeit lag über ihr, so bang und
drückend, dass sie grundlos weinen konnte, wenn sie
allein am Strande sass und hinaussah auf die Unendlichkeit des Meeres. Wenn sie dann heimkam mit

roten Augen, schüttelten die Alten den Kopf und meinten, sie werde wohl nicht lange leben.

Die Schuljahre lagen hinter ihr, und nun kam ihre Leidenszeit. Die Grossmutter bekam das Gichtfieber, sie wurde ihre Krankenpflegerin.

„Oh, du glaubst nicht, wie ich gelitten habe darunter. Nie habe ich geklagt. Grossmutter nahm sich ja immer zusammen und war auch sehr gut zu mir. Aber ganz ohne dass sie es wollte hat sie mich früh müde und alt gemacht.“

Die Frühlingstage namentlich, waren entsetzlich. Die Sonne heute erinnere sie daran. Wenn das Fenster so offen stand und ein leichter Luftzug die Gardine blähte wie ein Segel, und wenn dann mit dem Luftzug Fliederduft ins Zimmer kam, konnte sie laut aufschluchzen vor Schmerz. Nur sterben, sterben, das war ihr einziger Wunsch.

Aber sie musste sich zwingen und ruhig weiter lesen. Das habe nämlich die Grossmutter verlangt, und das sei ja auch ganz in der Ordnung gewesen. Erst wenn die Grossmutter endlich eingeschlafen war, liess sie das Buch sinken und sah durch die Gardine ins Freie. Da nickte der Flieder im Wind, die Bäume wiegten sich, und vor dem Fenster schossen Schwalben auf und nieder. Das sei alles so schön gewesen, und doch habe sie keine rechte Freude dran gehabt.

Grossmutter habe schlimme Träume, und dann stöhne sie immer so schwer.

„Aber das Schlimmste war, dass ich in der Einsamkeit so feine Ohren bekam. Wenn sie drüben im Dorfe Hochzeit hielten oder tanzten, glaubst du, ich hätte nicht jeden Ton hier gehört? Nicht nur die Musik. Ich hörte auch, wie sie lachten und wie die jungen Fischer mit den Wasserstiefeln den Takt schlugen und in die Hände klatschten. Am wehesten that mirs, wenn sie einen Kehrreim sangen. Wenn dann die Bäume draussen sich bogen im Wind, sah es aus als wiegten sie sich im Takt. Alle Welt war froh, nur ich nicht.“

So siechte sie hin, unverstanden, einsam, nur mit der dumpfen Ahnung, dass es eine reinere, grössere Welt geben müsse, eine Welt, in der all das Bekümmerte und Kleine nicht war.

„So eine Welt, wie man sie sich denkt, wenn man in einer klaren Nacht die Sterne sieht.“

Und die habe er ihr gegeben.

„Heini, wie du damals hier hereinkamst und mir sagtest, was du dir gedacht hattest als ich sang, oh, ich hätte ja vor dir knien mögen! Wie du alles so klar beschreiben konntest, was ich nur undeutlich fühlte, da kamst du mir vor wie der Zauberer aus tausend und eine Nacht, vor dem die Berge aufgehn.

Und dann sah ich dich an, Heini, ich sah dich nur
an, und da wusste ich auch schon, dass du grade so
einsam warst wie ich. Wenn sie auch alle den Hut
vor dir abzogen und dich gerne bei sich sahn."

Sie lächelte, aber ihre Augen standen voll
Thränen. Ihre Stimme war tonlos geworden, sie
konnte nur noch flüstern.

„Heini, sag mir doch, glaubst du nicht, dass wir
uns bald wiedersehen? Sieh, mir ist grade, als müsste
das so sein. Wenn wir so ganz umsonst gelebt hätten
— ah, ich kann es nicht glauben, das wäre zu
grausam."

Langsam rollten die Thränen über ihre Wangen.
Sie schimmerten im Gold des Sonnenuntergangs.

X

Es ging zu Ende. Die Stimme versagte ihr oft; das Licht schimmerte tief in ihre Haut. Stundenlang konnten ihre grossen glänzenden Augen ins Weite schauen, und wenn sie dann an irgend einem Gegenstand im Zimmer sich verfingen, waren sie trüb vor Enttäuschung.

Seit drei Tagen schlief er in ihrem Zimmer. Er lag angekleidet auf dem Sopha, jeden Augenblick bereit ihr beizuspringen. Da lag er, hörte den Pendelschlag der Uhr und sah in das stickige Licht der Laterne.

Das war die Laterne, mit der er ins Dorf gegangen war, wenn die Nacht nicht leuchtete. Wie düster das gelbe Licht doch brannte! Wie formlos die Schatten des Gestells sich über Wand und Decke schoben! — ganz wie die Fänge eines ungeheuren Gespenstes.

Er schloss die Augen. Aber nun schärfte sich sein Gehör. Das Ticken der Uhr schwoll an. Es

fing an zu hämmern, und dann stampfte es, dass die
Wände dröhnten.

Der Angstschweiss brach ihm aus. Er fuhr auf
und presste die Hände gegen die Schläfe.

Halbbetäubt schlief er endlich ein.

Da, ganz plötzlich kam es. Aus dem tiefsten
Schlaf riss es ihn hoch.

Ah, wie er es wiederkannte! Fein, wie aus stern-
weiten Höhen erst. Aber es senkte sich, und dann
war es da und hallte im Zimmer: der Ton, jener
seltsame Ton mit dem leise mitbebenden Vierklang.

Mit einem Satz war er auf und stand vor ihrem Bett.

Sie sah ihn an. Das Bewusstsein wollte ihm
schwinden. War das nicht das Bild, das er in jener
schrecklichen Nacht gesehen hatte? Dieses verzerrte
Gesicht mit dem flackernden Blick —

„Wana!"

Sie bewegte die Lippen, aber sie konnte nicht
sprechen. Ihre Hände liefen in tastendem Suchen
an der Decke auf und nieder.

„Wana!"

Da griff sie mit beiden Händen nach seiner
Rechten und zog ihn mit letzter Kraft an sich. Noch
einmal sahen die blauen Augen tief in ihn hinein,
dann war der Blick gebrochen.

Zweiter Teil.

I

Müde, zerbrochen taumelte er wieder über die einsamen Wege. Das Laub unter seinen Schritten raschelte nicht mehr. Es faulte am Boden, eingestampft von dem ewigen Regen der letzten Wochen. Nun floss kein Regen mehr, und in den Bäumen rang kein Sturm. Alles dämmerte grau und seelenlos hinüber in den Winter.

Ein vergessenes Blatt fiel vor ihm nieder. Er glaubte sein Leben zu sehen. Die todwunden Verse Verlaines fielen ihm ein:

> Et je m'en vais
> au vent mauvais
>   qui m'emporte
> deçà, delà
> pareil à la
>   feuille morte.

Er war so schwach geworden, so hinsinkend müde. Er musste sich ausruhen auf einer der alten Bänke.

Und nun fiel ihm der Traum wieder ein. So lebhaft hatte er selten geträumt.

Ein Wald von Inseln um ihn her. Die Inseln waren schwarz und ganz von Stein. Um ihre Häupter wallte Nebel, doch ihre Wände waren frei. Und diese Wände fielen steil ins Wasser. Keine Bucht, kein Hafen.

Seine Arme waren matt geworden. Er zog die Riemen ein und schaute sich um. Vor ihm, hinter ihm, tief in den Nebel hinein, der gleiche Inselwald. Und alles still und tot. Nur die blauen Wasser gingen und murmelten sich zu. Ihre Wellen schlugen silbern an die schwarzen Wände. Aber auch ihnen wurde nicht aufgethan. Und ratlos zogen sie weiter durch das Labyrinth der schwarzen Inseln.

Da kam von Norden ein leises Tönen. Ein weisser Fleck stach aus dem Nebel und rauschte nah.

Schwäne auf der Flucht zum Süden. Er sah sie aufgehen über sich wie eine weisse Sonne, und ein Taumel packte ihn. Aber die Sonne schwand, und als sie erloschen war im Süden, deckte er das Gesicht mit den Händen und weinte. —

Der Traum, der Traum — war das nicht er selbst? So war das Leben über ihn hinweggerauscht. Sein Ruf war zu ihm gedrungen, aber es war zu spät — er blieb verschlagen.

Der Traum — war das nicht auch sie? Auch
sie verstossen vom Glück, weit weg verschlagen von
allem Leben. Und wenn der Frühling kam und die
Freude — sie fanden sie nicht mehr.

Und wozu das alles? War nicht dies Weltall
furchtbar dumm, dass es sie beide so, gerade so
wollte? Ein Heiligtum gab es ihnen, ein Geheimnis,
und hiess es sie ängstlich wahren. Und dann stiess es
sie hinaus in eine Welt der Fremde. Formen um sie
her, in die sie sich nicht schicken konnten, solange
sie hielten an ihrem Heiligtum. Aber sie hielten fest,
oh, so fest, und mit ihrem Geheimnis gingen sie still
durch eine Welt der Fremde. Nur hoffen konnten sie,
hoffen auf ihre Verheissung. Und der Tag der Verheissung kam, und sie fanden sich, und nun — riss
das Schicksal sie auseinander!

Seine Hände krampften sich in hilfloser Wut,
seine Zähne schlugen aufeinander. Dann wurden die
Züge wieder glatt, als ob sie lauschten.

„Glaubst du nicht, dass wir uns bald wiedersehen?
Sieh, mir ist grade, als müsste das so sein. Wenn
wir so ganz umsonst gelebt hätten — ich kann es
nicht glauben, das wäre zu grausam."

Dies Wort, dies eine Wort, das sie ihm sterbend
vermachte, es geleitete ihn wie ein Schutzengel.
Es schien durchleuchtet von der goldenen Schön-

heit jenes verirrten Sonnentages, an dem sie es sprach. Das ganze Wesen Wanas sah ihn an mit den grossen Augen des Glaubens.

„Wenn wir so ganz umsonst gelebt hätten — ich kann es nicht glauben, das wäre zu grausam."

Immer tiefer fasste es Wurzel in ihm, unmerklich verdrängte es das Alte, und eine neue Weltanschauung trieb ihre Blüten.

Wenn sie sich noch einmal sähen? Wenn sie noch einmal hineingeboren würden in diese Welt und ihnen dann das ward, wofür sie litten?

Die Idee der Wiedergeburt war es, die ihm in neuen Farben aufging. Sie war ihm bisher eine Strafe gewesen, wie die müden Weisen am Ganges es sich dachten. Nur reiner, klarer hatte er den Gedanken gefasst, als sie ihn früher fassten.

Aber wenn die Idee der Wiedergeburt selbst eine Wiedergeburt erlebte, eine Wiedergeburt in ihm, und wenn die neue Form vollendeter war als die alte, weshalb fürchtete er da eine neue Fleischwerdung?

Die kalte Klarheit jener Gestirne, denen das Leben der Atmosphäre abstarb, hatte bisher in seinen Gedanken geschimmert. Alles Menschenleben nur als Filter jener planetaren Kraft, mit der die Erde ihr Dasein im Kosmos bestritt, das war eine grosse Anschauung, aber auch eine kalte, grausame Anschauung;

denn sie vergass den Menschen mit seiner Lust und seinem Leid. So hatte seine Einsamkeit gedacht, aber in dieser Welt war kein Platz für Wana neben ihm.

„Wenn wir so ganz umsonst gelebt hätten —"

Nein, es war nicht umsonst. Was ihnen dieses Leben verweigerte, musste ein anderes ihnen geben. Sie waren Vorboten gewesen. Was sie getragen hatten und bewahrt, konnte die Menschheit noch nicht fassen. Aber der Weltball rollte und rollte, und immer tiefer hinein in ihr grosses Geheimnis. Eine vollkommene Menschheit sah zur Sonne, den Geist voll der Gedanken, die ihnen Geheimnis waren.

Dann aber kam ihre Vergeltung. Ein solches Geschlecht sog an ihrer Sphäre, es zog sie an, heraus aus dem grauen Reich der Schatten, hinüber in diese Welt, die immer reiner, edler wurde, und von Wiedergeburt zu Wiedergeburt stets neue Wunder sah.

Ja, so musste es kommen. Sie hatten nicht umsonst gelebt, sie mussten sich wiedersehen. Doch in der Welt ihres Wiedersehens schickte sich alles um sie her, sie standen nicht mehr abseits, sie lebten ein Sonnenleben des Glücks. — —

Eine grosse Ruhe kam über ihn. Mit diesem Leben war er fertig. Weiter schaffen, weiter hoffen — wozu? Seinem Wesen ging das Gleichgewicht verloren, eine Leere klaffte in ihm. Wie an einer unterwühlten

Mauer musste das nun bröckeln und bröckeln, bis es eines Tages reif war für den Herbst.

Doch bis dahin? . . .

Der Gedanke hatte so oft angeklopft bei ihm. Er war stets ausgewichen. Doch der Gedanke war zudringlicher, er musste sich auseinandersetzen mit ihm.

Konnte er Wana nicht auch hier schon wiedersehen? Wie, wenn auch edlere Geister sich sichtbar machen konnten? Die Spiritisten meinten, nur die minderen offenbarten sich. Aber weshalb? Weil ihre Medien und Leiter niederen Geistes waren. Nur durch ein kongruentes Bewusstsein konnte ein Bewusstsein wirken. Nie würde Wana erscheinen in einem der Kreise der Stadt da drüben. Denn die die Kreise bildeten, gehörten zu den Menschen, die sie floh, die er floh. Doch wie, wenn Sein Geist, Sein Wille sie bat?

II

Herr Krauts, Werkmeister in der Motorenfabrik
Niemann und Co., hatte sich lange besonnen, ehe er
den seltsamen „Chambregarnisten" aufnahm. Was
dem verrückten Menschen nur einfiel, mitten im
Winter in einen Vorort zu ziehen! Und dann die
Hartnäckigkeit, dass er gerade bei ihm ankommen
wollte. Er musste den Ausblick auf den See frei
haben, sagte er. Ja aber den hatte er doch in ein
paar dutzend anderer Häuser ebensogut frei! Da wäre
er überall gewesen, aber in einem Haus spielten sie
Klavier, im andern war eine Kneipe, dann wieder
Kinder, Werkstätten, Bureaux — kurz, das Häuschen
des Herrn Krauts war das einzig passende.

Nach einer langen Unterredung hatte der Werkmeister endlich nachgegeben. Dieser Herr Hardanger
hatte im Gespräch oft so verrückte Schrullen, sein
Gesicht war bisweilen so drollig, dass es schon der
Mühe wert war, ihn näher anzusehen. —

In der That, die Wohnung des Werkmeisters

Krauts war das einzige Asyl lür Hardanger. Er hatte
in Spiritistenkreisen bisweilen von Krauts reden hören.
Der Tod seines kleinen Franz habe ihn über Nacht
geistersüchtig werden lassen. Er hatte auch wirklich
bald nach dem Trauerfall sein Staatszimmer hergerichtet für vierdimensionale Offenbarungen. Eine kleine
Gemeinde war bald um ihn versammelt, und dreimal
wöchentlich trafen sie sich nun in dem kleinen
Spiritistenheim zu ihren intimen Sitzungen. Krauts
war einer der „Spiritisten mit Harmonium". Man
brachte sich erst durch das Absingen einiger geist-
licher Lieder in eine Stimmung feierlicher Harmonie,
und wartete dann auf die „Phänomene". Man hatte es
bereits zu recht ansehnlichen Erscheinungen gebracht,
als Krauts die Sitzungen unerwartet einstellte. Seine
Freunde in der Fabrik triumphierten. Krauts war
bereits sehr nervös geworden und das Irrenhaus schien
ihm sicher. Er war endlich zur Vernunft gekommen,
als ihn einmal seine Traumseligkeit um ein Haar in das
Räderwerk einer Maschine gebracht hatte. Dennoch
wollte er nicht mehr der Alte werden. In der Fabrik
war er wohl anstelliger als je, persönlich aber blieb er
ganz der einsame Sonderling, den der Tod seines
Kindes aus ihm gemacht hatte. Am Tisch in der
Fabrikwirtschaft war er einsilbig, Besuche empfing er
sehr ungern, und die unbehaglichste Zeit am Tag war

ihm die Stunde, in der die alte Aufwärterin seine
sieben Sachen in Ordnung brachte.

Das Schicksal dieses Sonderlings hatte Hardanger
gefesselt schon als er das erstemal von ihm hörte.
Er hatte das Gefühl, diesen Mann könne nur ein
grosses Geheimnis in seine Einsamkeit verschlagen
haben. In seinem Bruch mit dem Kultusspiritismus
sah er die Folge einer tiefen Erfahrung. Er hatte
ihn auch einmal besucht, aber seine schroffe Art hatte
ihn abgestossen. Jetzt, nach dem Tode Wanas kam
er ihm wieder ins Gedächtnis. Sofort fasste er seinen
Entschluss. Er musste bei dem Sonderling wohnen.
In seiner Wohnung war er sicher vor Hollmann und
den andern Freunden der Vergangenheit, er konnte
die Spiritistenzirkel meiden und hatte doch die Möglichkeit, seine neuen Pläne durchzuführen.

Freilich, schon der erste Tag war eine grosse
Enttäuschung. Dieser Mann schien wirklich von seiner
Krankheit ganz geheilt. Hardanger sah sich das
Zimmer an, das einst als Empfangssalon für die
Geisterwelt gedient hatte. Eine Bretterwand trennte
es in zwei ungleiche Hälften. In der Mitte der Wand
eine Art Thüröffnung, bis zur Decke hinauf, verdeckt
von einem schwarzen Vorhang. Diesen Vorhang
mussten früher die Gestalten beiseite geschoben haben,
die sich in dem fensterlosen Dunkelraum hinter der

Wand materialisiert hatten. Aber in letzter Zeit war wohl kein Platz mehr für sie da: die Dunkelkammer war eine Rumpelkammer geworden.

Auch der grosse Vorderraum schien nur von der Genesung des Werkmeisters zu sprechen. Drei Tische verschiedener Grösse standen da, durchaus nach dem Rezept bequemer Klopftische gefugt. Aber sie waren mit sauberen Häkeldecken belegt und über und über mit Büchern beladen. Nicht einmal okkulte Litteratur war dabei; die stand jetzt verstaubt auf einem Regal in der Dunkelkammer; bloss technische Schriften und gangbare Tageslektüre. Die „Psychographen", jene kleinen Schreibgestelle, deren einer Fuss ein Bleistift ist, standen auf dem Fensterbrett und trugen Blumen. Und gar das Harmonium diente als Untersatz eines umfangreichen — Zimmeraquariums.

Und doch musste das Haus ein Mysterium hüten, von dem die draussen keine Ahnung hatten. Allabendlich, wenn der Meister heimkam, wiederholte sich die Scene. Hardanger hörte es nur schwach in seiner Kammer über dem Geisterzimmer. Krauts trat mit seinen schweren Schritten vor das Harmonium, klappte den Deckel auf und griff einen Akkord. Zwei oder drei Pedalzüge hielt er ihn fest. Dann auf einmal fing er an zu reden, als ob er sich mit jemand unterhielte. Eine halbe Stunde oft dauerte dieser merk-

würdige Dialog, in dem jede Gegenrede fehlte. Sehr
lebhafte Gespräche, mit Lachen, Schmeichelnamen und
halbernsten Ermahnungen.

Acht Tage wohnte nun Hardangar schon in dem
Meisterhäuschen am Müggelsee. Sein Wirt liess es
sich gefallen, dass er allabendlich zu ihm herunterkam
und ihn eine Stunde bei dem gelben Lampenlicht
unterhielt. Seine Menschenscheu verschwand gegenüber diesem scheuen Gelehrten, in dessen Natur er
etwas Verwandtes witterte. Nur für das Thema, in
das alle Reden Hardangers zu münden suchten, blieb
er auch hier verschlossen. Sobald Hardanger auf das
Reich der Schatten und das astrale Leben anspielte,
zog Krauts wahre Schlotwolken aus seiner Pfeife, als
wollte er auftrumpfen mit diesem den Spiritisten so
streng verbotenen Genuss. Aber Hardanger gab die
Hoffnung nicht auf. Dieser Mann musste sich ihm
ganz geben, sollte er ihn für seine Zwecke gewinnen.
Und wollte Krauts nicht freiwillig reden, so zwang er
ihn dazu. —

Der Abend dämmerte über dem See. Hardanger
ging nervös in seiner Kammer auf und nieder. Heute
wollte er das Geheimnis durchbrechen.

Endlich kam der Meister. Die Thür schlug zu.
Mit gespanntem Gehör folgte Hardanger jeder einzelnen
Bewegung des Werkmeisters. Jetzt legte er den Mantel

hin, jetzt setzte er die Glocke auf die Lampe, jetzt
trat er ans Harmonium. Der Akkord — das Gespräch.
Auf den Zehenspitzen schlich Hardanger die
Treppe hinunter. Am Schlüsselloch horchte er noch
einmal, dann riss er die Thüre auf.

Eine seltsame Scene. Der alte Krauts stand mit
einem Theelöffel in der Rechten und einem Glas in
der Linken vor dem Harmonium und — sprach in
das Aquarium hinein. Das Seltsamste war, dass er
über die Störung Hardangers gar nicht erbost schien,
nicht einmal überrascht. Er begrüsste ihn freundlich
und liess ihn nähertreten.

Noch immer glaubte Hardanger an etwas Über-
natürliches und prüfte mit nervöser Neugier den Inhalt des Aquariums. Aber was er sah, war nichts
als eine kleine Schildkröte und drei Molche.

Ein Gefühl der Empörung kochte in Hardanger.
Aber der Meister war selig und wurde nicht müde,
Hardanger die Einzelheiten seines Aquariums zu
erklären.

„Kommen Sie morgen doch früher, dann können
Sie sehen, wie ich die Ferienkolonie hier alarmiere.
Erst schlage ich auf dem Harmonium einen Akkord
an. Dann wird die Schildkröte lebendig. Sie wackelt
mit dem Kopf und watschelt auf den Stein hier zu.
Dann nehme ich mit dem Theelöffel einen Mehlwurm

— das hier im Glas sind nämlich Mehlwürmer — und
füttere die Schildkröte. Sowie die Molche das sehen,
werden sie fidel. Zuerst schiesst der kleine Lulu her.
Sehen sie nur, das allerliebste Viehchen hier. Lulu,
komm, sag dem Herrn mal guten Abend! Nicht?
Ach so, er will seine Ruhe haben, er hat nämlich
schon gegessen. Der Kassierer drüben auch, sehen
Sie, der würdige alte Herr hier. Nur der dicke Wilhelm noch nicht. Na komm, Wilhelm, komm!"

Mit kaum verhaltenem Ekel sah Hardanger den
Mehlwurm sich winden im Maul des widerwärtigen
Reptils. Krauts aber schwamm in Entzücken.

„Gott, warum kann man so'n liebes Best nun
nicht küssen!"

III

Die Sonne war verglüht. Ein einsames Segel glitt noch über den schlafenden See, nach Westen. Hardanger sah ihm nach, bis es in den Fluss einlief und zwischen den Bäumen und Häusern verschwand.

Die Dampfpfeife eines unsichtbaren Bootes schrie vom Fluss herüber. Hardanger zuckte zusammen. Wieder dieser seltsame Klang. Die letzten Tage verfolgte er ihn, wo er ging und stand. Das Plätschern der Wellen, das Rasseln der Rollwagen von der Landstrasse her, das Läuten der Abendglocke über den See — alles erinnerte ihn an den unheimlichen Klang, der ihn in jener Nacht des Hellsehens aus dem Schlafe gerissen hatte. Und gab er erst nach und hörte schärfer hin, konnte der Klang anschwellen bis zur Klarheit der Hallucination. Dann aber war es ihm jedesmal wie ein ferner Gruss, ein schmerzliches Rufen Wanas, die allezeit um ihn war und sich ihm doch nicht zeigen konnte, weil er ihr die Möglichkeit dazu nicht gab.

Er schloss das Fenster und fiel ins Grübeln. Seit frühem Morgen stand sein Plan fest, aber die Ausführung fiel ihm schwer. Als er vor drei Tagen die Enttäuschung bei Krauts erlebte, hatte er das Haus verlassen wollen, auf der Stelle. Aber die Frage „was dann?" hatte ihn wieder gehalten. Schliesslich, war die Wohnung nicht vorzüglich geeignet für seinen Zweck? Krauts wollte nichts wissen mehr von Séancen, er war völlig „geheilt", das stand fest. Aber er hatte das Leiden doch einmal gehabt: konnte man es ihm nicht wieder einimpfen?

Hardanger verfiel dem Egoismus der Leute, die den Tod vor Augen haben. Er wusste, dass er den schlichten Menschen da unten beherrschen konnte, bot er die ganze Kraft seiner Persönlichkeit auf. Was schliesslich aus Krauts wurde, danach fragte er nicht. Nur der eine Wunsch war ihm geblieben, Wana schon hier zu sehen. Alle Energie seiner zähen Natur hatte sich umgesetzt in dieses Verlangen. Er konnte nichts mehr schonen, was sich zwischen ihn und sein Ziel drängte. — —

„Herein! — Guten Abend, Herr Hardanger! Na, wie stehts?"

„Herr Krauts, ich möchte Ihnen eine lange Geschichte erzählen. Aber zuerst Ihre Hand, Sie dürfen mit keinem Menschen davon sprechen."

Noch einmal zögerte Hardanger. Seine Liebe schien ihm beschmutzt, wenn er darüber redete. Aber es gab kein anderes Mittel. Krauts musste sein Vertrauter werden, eher gab er sich nicht.

Und nun erzählte er. Und einmal im Gang, liess er nichts unerwähnt. Alle die bunten Bilder, durch die das Leben dieses vergrübelten Eremiten hindurchgegangen war, glitten an der Seele des schlichten Werkmeisters vorüber. Er sah die traurigen Scenen einer unverstandenen, verachteten Kindheit, das Wandelpanorama einer faustischen Jugend, die im Zaubermantel über alle Welten fliegt, den Glanz der aufgehenden Ruhmessonne über einem Mannesalter voll von staunender Bewunderung und ehrendem Hass und im Gold ihrer Strahlen gebettet das Luftschloss einer stolzen Märcheneinsamkeit, die ihn barg und sein Glück. Dann der Zusammenbruch, das Ende Wanas, und nun die neue Welt, wie sie über ihn hereindämmert, die Welt der Nacht, sein Wille zum Hinüber, zum Reiche Wanas.

„Was soll ich Ihnen noch erzählen? Begreifen Sie, weshalb ich grade hier unterkommen wollte? Ich habe von Ihrem Leben gehört; Sie sind der einzige Mensch, dem ich mich anvertrauen kann — Sie sollen mir behülflich sein, sie wiederzusehen.‟

Es dauerte lange, ehe Krauts antworten konnte.

Er starrte vor sich hin und seine Blicke und Gedanken waren auf etwas gerichtet, was Hardanger nicht sehen konnte.

„Herr Hardanger, danken Sie Gott, dass er Sie grade zu mir geführt hat."

Er hielt wieder inne, mit sich selbst im Kampf. Endlich brachte er es über sich.

„Sie sind lange herumgegangen, bis Sie reden konnten. Ich wusste, dass Sie etwas drückte. Nun haben Sie Vertrauen zu mir gehabt und ich will es auch zu Ihnen haben ... Ich weiss nicht, was die Leute Ihnen von mir erzählt haben, das Wichtigste jedenfalls nicht, denn das weiss keiner. Glauben Sie wohl, dass ihr Leben und meins sich sehr ähnlich sehen, sehr ähnlich? Aber glücklicher sind Sie mit ihrem Schicksal, das kann ich Ihnen versichern. Was Sie da sagten, dass Sie als Junge in der Einsamkeit immer von einer Welt geträumt hätten, wo alles glitzerte wie ein schöner Frühlingsmorgen, das kann Ihnen keiner besser nachfühlen als ich. Sie hätten ganz dasselbe von mir erzählen können, es hätte Wort für Wort gestimmt. Nur sind Sie in Ihre Welt hineingekommen oder können noch immer hinein. Jawohl, das können Sie! Aber ich — bei mir sind es Seifenblasen geblieben von jeher. Sie könnten jedem Menschen von ihren Gedanken sprechen, Sie würden sie alle ernst nehmen. Mich würden sie auslachen und dazu hätten sie auch noch recht."

Ja, der Frühlingsmorgen, wo alles bunt glitzerte, das war das rechte Wort, das traf. Ob Hardanger wisse, wie er sich selbst solche Welt zuerst gedacht habe? — Nun, aber lachen dürfe Hardanger nicht, es wäre eben eine Kinderidee gewesen, ausserdem war sein Vater kein Geheimrat, sondern einfacher Schlossermeister, und sie wohnten auch nicht am Rhein, sondern hinten im Pommerschen.

Es war in den schlimmen Jahren damals, in den vierzigern. Der grosse Rummel stand vor der Thür. Zu Hause waren sie alle demokratisch, im Stillen natürlich — der Vater, die Mutter und die beiden Gesellen. Er selbst, der kleine Friedrich Wilhelm Krauts, machte fest mit, zog dem Ortsgensdarmen eine lange Nase und piepste die Marseillaise.

Da geschah etwas sehr Eigentümliches. In ihrer Gegend war Manöver. Eines Tags kommt der König mit seinem Gefolge durchs Dorf. Der kleine Friedrich Wilhelm sieht die vielen bunten Uniformen, die Pferde mit dem schönen Lederzeug und den gestickten Schabracken, und da kann er nicht anders, er muss grüssen. Der König nickt ihm zu und greift sogar mit dem weissen Handschuh an den Helm, grade als wollte er

ihm den schönen Adler da oben unter dem Helm-
busch zeigen.

Seit jenem Tag war der kleine Friedrich Wilhelm
still, wenn sie daheim auf die Monarchischen schimpften.
Er wusste nicht, wie es hergehen sollte im demo-
kratischen Staat, aber dass es da keinen König mehr
gab mit so viel bunten Reitern, das wusste er. Und
einen Staat ohne bunte Reiter mochte er nicht. Sie
hatten gar so herrlich ausgesehen, die bunten Reiter,
es wäre zu schade um sie.

„Lachen Sie nicht, Herr Hardanger! Sie dürfen
nicht vergessen, wer ich war und wo ich wohnte.
Die Sache mit den bunten Reitern war schliesslich
nur der Anfang zu der Geschichte von meinem Franz.
Und das, ja das ist Ernst geworden."

Er hatte seit jener Zeit einen stillen Hass auf
seine Umgebung. Und der Hass wuchs mit ihm auf.
Aus der Liebe für die bunten Reiter wurde die Sehnsucht in die Ferne. Die bunten Länder wollte er nun
sehen, die jenseits seiner pommerschen Kiefernheide
liegen sollten — Länder, die weisse Bergeszacken in
einen ewig blauen Himmel streckten, Länder mit
schwarzen, rauschenden Wäldern, mit marmornen
Städten, die im Morgenlichte funkelten. Weiter hatten
es ihm die Welten des Geistes angethan. Was von
Büchern in seine preussische Wildnis sich verlor, riss

er an sich. Und wenn er sie dann las, irgendwo
abseits, war ihm, als unterhielte er sich mit denen,
die solche Bücher schrieben. Und in der Gesellschaft
all der gebildeten Leute fühlte er sich sehr behaglich.

Aber für keine von seinen Liebhabereien hatten
sie Verständnis. Sie blieben die ewigen Demokraten
mit dem grauen Zukunftsstaat, der keinen Platz hatte
für bunte Reiter, und für bunte Städte und bunte
Gedanken auch nicht.

Er hatte sich endlich ergeben, hatte das Handwerk des Alten erlernt und schliesslich selbst die Frau
genommen, zu der sie ihm rieten. Warum auch nicht?
Eine, die ihn ganz verstand, fand er in seiner Heimat
doch niemals, und die Trina war gewiss die schlechteste
nicht. Freilich, sie blieb ihm nach wie vor gleich
fremd, und als sie bei der Geburt des ersten Kindes
starb, ging es ihm nicht sehr tief.

Aber dieses Kind, sein Franz, das rüttelte ihn
auf. Was das Leben ihm genommen hatte, wollte er
dem Kind verschaffen. Er wollte arbeiten, Tag und
Nacht, wollte reich werden; nichts sollte sein Franz
sich versagen. Und wenn sein Junge dann heimkam
aus irgend einem fernen Land, wenn er müde von
geistiger Arbeit ausruhte und mit ihm plauderte
von der grossen Welt, dann würde es ausstrahlen
von ihm und seine alten Tage übersonnen, und

in seinem Sohn hatte er die Erfüllung seines Daseins.

Armer Vater! Das Leben mochte ihn nicht. Es brachte ihn nahe an sein Glück, um ihn desto grausamer von sich zu stossen.

Er hatte sich die Hauptstadt ausgesucht für die Verwirklichung seiner ersten Pläne. Alles ging nach Wunsch. Er fand Anstellung in der Motorenfabrik Niemann & Co. Nach zwei Jahren hatte er es zum Werkmeister gebracht.

Nun ist der Grund gelegt. Er nimmt das Kind von den Eltern weg in sein Haus. Denn das Häuschen hatte er schon damals kaufen können.

Eine Zeit voll Sonnenschein und Glück geht für ihn auf. Er sieht den kleinen Franz heranwachsen, er entdeckt in ihm die Neigungen der eigenen Kindheit noch schärfer ausgeprägt. Alles ist ihm eine Verpflichtung zu neuer Arbeit, und die Arbeit hat Segen.

Schon denkt er an die Ausführung seines grössten Planes: selbst eine Motorenfabrik zu gründen, grossartiger als die seines Brotherrn. Oh, er hat sich Kenntnisse angeeignet, dass er den ersten Direktor beschämen könnte. Nur das Geld fehlt ihm. Aber er wird es bekommen. Nicht durch Anleihen; er will nichts wissen von Abhängigkeit. Aber erwerben, selbst erwerben, allein erwerben. In der Stadt wird er eine Schmiede aufthun, ausführen, was die Gelegenheit verlangt, und dabei sich auf eine Specialität werfen. Ganz langsam wird er vorwärtskommen. Aber vorwärtskommen muss er, es ist unmöglich anders, denn er hat sein Ziel und hat seinen Willen.

Da stellt es sich ihm in den Weg. Sein Franz, er ist grade sechs Jahr alt geworden, liegt nieder an der Influenza. Er ruft den Arzt, er lässt eine Autorität aus der Stadt herüberkommen. Aber es hilft nichts. Die Influenza endet in einer Lungenentzündung, und die Entzündung nimmt den Kleinen in wenig Tagen hin. —

Krauts hatte bisher in der breiten Weise gesprochen, die dem alten Einsiedler eigen ist, wenn er seinen Fall einmal erzählt. Nun plötzlich wurde er düster.

„Was dann kam, davon werden Sie manches gehört haben bei ihren Spiritisten. Ich hatte denselben unsinnigen Wunsch wie Sie. Aber ich warne Sie davor. Das Ende ist der Selbstmord oder das Irrenhaus."

„Aber wie können Sie da warnen, wo von freiem Willen keine Rede ist?"

„Von freiem Willen ist da sehr die Rede."

Hardanger sah ihn fragend an.

„Seien Sie mal ehrlich gegen sich selbst. Was haben Sie an ihrer Wana eigentlich geliebt? Das Mädchen selbst? Sehen Sie, das ist der Irrtum. Dasselbe dachte ich bei meinem Franz. Aber, weiss der Teufel, in solcher Liebe steckt verdammt viel Egoismus. Wir haben uns beide in den Andern einfach selbst geliebt, und wenn die Andern uns dann sterben und wir halten noch irgend was auf uns, müssen wir eben etwas Neues suchen, wo wir uns wiederfinden können."

Nun lächelte Hardanger fein: „Lieber Herr Krauts, dafür sind Sie also alt geworden unter den Menschen, dass Sie glauben, Persönlichkeiten wären zu ersetzen. Jemand Neues suchen? — Möchte nur bei Ihnen wissen, wie Sie den finden wollen in ihrer Quäkereinsamkeit."

„Verzeihen Sie, ich habe nicht gesagt Jemand Neues, sondern etwas Neues."

„Etwas Neues?"

„Ja, etwas Neues. Das ist eben der Fehler, dass unsereins, ich so gut wie Sie, zu hochmütig ist so lange Zeit. Sie haben mir so viel erzählt von ihren Plänen, wie Sie den Wind einspannen wollten, wie der Blitz für Sie arbeiten soll und Ebbe und Flut und wer weiss was alles. Das ist wieder so ein Punkt, wo ich Sie besser verstehe als mancher Andere. An den Golfstrom und die Passatwinde habe ich nie gedacht

bei meinen Rechnungen; ich habe immer nur bei
meinen Maschinen gestanden. Aber sonst war es genau
dasselbe. Immer nur rechnen und rechnen, hochmütig
sein und nichts mit Liebe anfassen. So etwas straft
sich. Kommt einem der erste beste Mensch in den
Weg, bei dem man etwas Verwandtes findet, stürzt
man drauflos, und alles, was man an Zärtlichkeit in
sich hat, wirft man dann vor ihn hin. Nun hat man ein
Leben lang alle Maschinen der Welt beherrscht, oder
hat sogar Fangball gespielt mit den Sternen, und nun
verschenkt man sich selbst. Der Andere braucht blos
zu sterben, und —" Krauts schlug mit dem Finger
durch die Luft.

Hardanger hatte sich fest vorgenommen, keinen
der Einwände des Werkmeisters ernstzunehmen. Aber
diese tiefe Seelenkenntnis machte ihn doch stutzig
und seine Frage war diesmal keine Ironie.

„Ja — also soll ich Lyriker werden und über
Sturm und Wetter Gedichte schreiben?"

„Gedichte, was Sie wollen, jedenfalls nicht nur
rechnen. Etwas mehr Liebe beim Beobachten, das
rettet Sie, sicher, verlassen Sie sich drauf!"

„Aber Sie sagten doch, Sie hätten zeitlebens nur
Ihre Maschinen berechnet. Wie haben Sie sich denn
gerettet? Lieben Sie jetzt Ihre Maschinen?"

Krauts wurde sehr behaglich. Er nahm die Pfeife,

die er längst fortgelegt hatte, wieder an sich und paffte erst einigemale vor sich hin.

„Bester Herr Hardanger, ich weiss, Sie bedauern mich oft, wenn ich erst spät aus der Fabrik nachhause komme. Aber Sie können mir glauben, ich fühle mich nirgendwo so behaglich wie dort. Wenn sie morgens die Drehbänke einstellen und die fangen an zu laufen — ich kann Ihnen sagen, da ist mir oft so wohl, wie seiner Zeit, wenn ich den Jungen aufweckte und das Kerlchen sah mich an. Den ganzen Tag ist mir, als ob die Maschinen mit mir sprächen. Jeder Stahl hat einen andern Ton. Ich kann meine Maschinen ganz genau unterscheiden. Ich brauche gar nicht hinzusehen, ich kann meine Zeitung lesen oder frühstücken, oder mit den Arbeitern sprechen, ich weiss doch immer wie es steht. Wenn die Drehstähle dumpfer schwirren, höre ich sie ganz deutlich mir erzählen, »jetzt bin ich so weit, jetzt so weit, jetzt so.« Wenn sie stumpf werden, rufen sie mich, und wenn gar irgend solch ein dummer Junge von Neuling mal schlecht einstellt, dann schreien sie wie ein misshandeltes Kind."

Hardanger war still geworden. Der Alte hatte sich wirklich eine Weltanschauung errungen, die der Einsamkeit wohl stand. Wenn Hardanger die eigenen Maschinen versorgte, wie der Alte die seinen? Eine

neue Welt schaute ihn an. Er hörte die Stimmen
der Wasser und Winde, die Meere sangen ihm Choräle,
und im Gewitter —

Plötzlich durchfuhr es ihn. Vom See her hatte
er eine Dampfpfeife rufen hören. Wieder, wie vorhin
am Fenster, klang ihm der wehe Akkord im Ohr, und
Wana stand vor ihm.

„Ihre Maschinen, lieber Herr Krauts, gut, das
lässt sich hören. Wenn man nun aber sich in dem
andern Menschen zu sehr geliebt hat, wenn die Maschinen nicht alles aufnehmen können — was dann?"

„Dann gibt es noch eine Menge anderer Blitz-
ableiter. Schaffen Sie sich ein Segelboot an, oder ein
Pferd, oder machen Sies wie ich, ein Aquarium."

Mit einem Ruck war Hardanger wieder er selbst.
Das Bild einer alten Jungfer mit ihrem Schoosshund
fiel ihm ein. Der gute Krauts kam ihm in diesem
Augenblick unendlich komisch vor. Seine ganze
Philosophie schien ihm maskierte Schwäche, er war
grade gut genug, sich ausnutzen zu lassen. Und mit
kaltem Blut überlegte er das beste Mittel, Krauts sich
fügsam zu machen.

„Zunächst meinen herzlichsten Dank. Ich bin
überzeugt, Sie werden mich wieder zu einem tüchtigen
Menschen machen. Aber — denken Sie mal drüber
nach: wenn Ihnen kurz nach dem Tod Ihres Jungen

jemand ganz dasselbe gesagt hätte, wie Sie jetzt mir —
gewiss, Sie hätten sichs sicher gemerkt, aber, Hand aufs
Herz, würden Sie gar nicht erst experimentiert haben,
wie es hier geschehen ist? Nun, sehen Sie, das ist
es, was ich will. Wenn Sie einen Morphinisten oder
Säufer kurieren, können Sie ihm doch nicht von heute
auf morgen alles Morphium und allen Alkohol entziehen. Nicht wahr? Nun bitte, seien Sie mein Doktor.
Ich verspreche Ihnen ganz fest, ich will ein braver
Patient sein. Ich will meine alten Arbeiten wieder
vornehmen, ich will nicht mehr so hochmütig sein,
aber, liebster, bester Herr Doktor, etwas Morphium,
etwas Alkohol müssen Sie mir noch gönnen."

Krauts war halb schon gewonnen. Aber er hatte
noch seine Bedenken. Dass er alles noch einmal herrichten sollte wie in seinen Geisterjahren — na ja,
Hardanger zulieb wollte er es nochmal versuchen.
Aber die Spiritisten, die Spiritisten! Diese Medien
und Magnetiseure und die geistlichen Lieder!

Doch Hardanger beruhigte ihn.

„Glauben Sie, ich habe die geringste Lust, mich
mit der Bande einzulassen? Nein, ich habe mich nicht
umsonst während der letzten Monate mit alledem beschäftigt. Geistliche Lieder sind nicht nötig, Magnetiseure auch nicht, und das Medium werde ich stellen."

Es sei die Frau eines Malers, eines gewissen Carus.

Sie sei noch nie als Medium aufgetreten. Aber entschieden mediale Fähigkeiten habe sie, darauf verstehe er sich. In zwei, drei Wochen sei sie ein Materialisationsmedium, auf das der Verein „Psyche" schon eifersüchtig werden könne. Aber der Verein „Psyche" solle von der ganzen Sache nichts erfahren. Carus und Caritas — Caritas sei nämlich ihr Name — würden auf Ehrenwort verpflichtet.

Krauts schüttelte noch einmal bedächtig den Kopf. Hardanger übersah es.

„Also Sie erlauben, dass ich gleich morgen zu Carus gehe — Herr Doktor?"

Krauts musste lächeln: „Aber dass Sie mir ein gehorsamer Patient sind!"

„Gehorsam wie die Schildkröte im Aquarium!"

IV

Was Hardanger bei seinem Besuch in der Hauptstadt am meisten scheute, war eine Begegnung mit Hollmann. Er wählte deshalb die Mittagszeit, in der, wie er wusste, Hollmann durch seine Sprechstunde ans Haus gefesselt war. Dennoch wurde er auf dem ganzen Weg ein Gefühl der Verfolgung nicht los. Erst als er die fünf Treppen zu der Mansardenwohnung unter sich hatte, atmete er auf.

„Carus (Otto Beckmann), zweimal schellen, Modelle nicht erwünscht."

Hardanger folgte dem Gebot der Visitenkarte und schellte zweimal. Niemand kam. Doch er wusste Bescheid und schellte nun dreimal, in jenem punktierten Dreivierteltakt, in dem alle guten Geister ihr „Gott zum Gruss" in die dritte Dimension hineinklopfen. Sofort hörte er eine Thür im Innern knarren. Der Künstler des Geisterreichs erschien in Hemdsärmeln und öffnete.

„Wie, Herr Hardanger, Sie sind wieder da? Da

wird Herr Hollmann sich freuen. Sie wissen vielleicht schon, es geht ihm jetzt recht schlecht. Wollen Sie einen Augenblick im Atelier warten. Die Hand kann ich Ihnen leider nicht geben, wir baden gerade das Kind. Caritas, hörst du, Herr Hardanger ist wieder da."

„Gott zum Gruss!" piepste es aus der Küche.

Hardanger trat ins Atelier. Aus der Küche her hörte er das gebrechliche Jammern eines kränklichen Kindes und die Stimmen der Eltern, die mit ihm sprachen.

„Modelle nicht erwünscht" — die Visitenkarte des Herrn Carus musste sich schon recht lange derartigen Besuch verboten haben. Hardanger betrachtete die Bilder an den Wänden. Selbst für die Natur schien Carus das Modell nicht erwünscht. Lauter zeitlose Landschaften, anämische Sonnenuntergänge, indische Tempel in deutschen Eichenhainen und nordische Stabbauten unter Palmen. Das alles belebt von einem seltsamen Völkchen nackter, halbkindlicher Wesen. Wesen, die aus einer Dämmerwelt emporgestiegen schienen, ohne Geschlecht und ohne Blut. Nein, hier hatten Modelle nicht gestanden! Hardanger dachte an Carus selbst. Wie sein gutbürgerlicher Name ihm zu grobstofflich war und er ihn verklebte mit diesem farblosen Abstraktum. Wie er verträumt durch die Strassen der Grossstadt ging, ohne Sinn für das Lächeln und den Spott der Spaziergänger, die beim Anblick seines langen braunen Mantels aufmerksam wurden und selbst die Heiligkeit seines Gesichtes nicht scheuten, dieses bartlosen, weichlichen Gesichtes, das einem ideal degenerierten Schusterjungen alle Ehre gemacht hätte — vielleicht auch einem alten Blaustrumpf oder Säulenheiligen oder Savoyardenknaben. Wer weiss! „Modelle nicht erwünscht" — es konnte der Kernspruch für das Leben dieses Mannes sein.

Nebenan waren sie fertig. Das Wasserklatschen hörte auf, die kleine Kinderstimme wimmerte nur noch aus Stilgefühl, um den Übergang vom Lärm zur Stille auszugleichen. Die grosse Kinderstimme sang dazu ein geistliches Lied im Geschmack der Spiritisten.

„Gott zum Gruss!" Carus holte den Händedruck nach. „Sie sind schwer heimgesucht worden, höre ich. Ich hoffe, Sie haben überwunden."

Wieder musste Hardanger den Ekel bezwingen, der ihm schon bei Krauts die Mitteilung so schwer gemacht hatte.

„Überwunden! Wissen Sie wohl, was es heisst, einen Menschen verlieren, in den man sein ganzes Ich hineingelegt hat? Einen Menschen, ohne den man nicht mehr arbeiten kann?"

„Sie werden ihr Werk nicht fortsetzen?"

„Der Fall ist ausgeschlossen."

„Und wie denken Sie sich die Zukunft?"

„Es wird wohl zu Ende gehn."

„Ja, das ist dann wohl das Beste."

Einen Augenblick war Hardanger verblüfft über diese herzlose Kälte. Aber dann entsann er sich, dass es gleichgültig war, ob er diesem Mann von einem Selbstmord oder einer neuen Punschsorte sprach. In einem wie im andern Fall fehlte ihm die lebendige Vorstellung. „Modelle nicht erwünscht."

„Ja freilich, das ist dann das Beste. Aber ehe es soweit kommt, werde ich sie noch einmal sehen."

„Sie wollen sie materialisieren?"

„Das will ich."

„Aber dann seien Sie vorsichtiger als Ihr Freund Hollmann. Sie haben doch gehört?"

Hardanger verneinte. Und nun erzählte Carus eine Tragödie, die Hardanger bis ins Mark erschütterte.

Sie hatten bei Fräulein von Arnold die Versuche fortgesetzt. Als Hardanger nicht mehr kam, übernahm Hollmann die Leitung. Die Phänomene steigerten sich ununterbrochen. Sie hatten schliesslich eine Dunkelkammer hergerichtet, da Fräulein Kuhn sich zum Materialisationsmedium entwickelte. Die Dunkelkammersitzungen spannten Fräulein Kuhn immer sehr ab. Trotzdem bestand Hollmann, der ganz berauscht

schien von seinen Erfolgen, auf eine Fortsetzung. Da
eines Abends kommt das Unglück. Das Medium liegt
in tiefem Trance. Neben ihm erscheint eine weisse
Nebelsäule. Sie glauben schon eine Gestalt zu er-
kennen, da hören sie plötzlich Fräulein Kuhn furchtbar aufschreien. Gleichzeitig verschwindet die Nebelsäule. Hollmann zündet die Lampe an und stürzt auf
das Medium zu. Er versucht es zum Bewusstsein zu
bringen; aber Fräulein Kuhn wacht nicht mehr auf.
Hollmann konstatiert endlich Tod durch Hirnschlag.
Seit jener Zeit ist es im Arnoldschen Hause sehr still
geworden. Fräulein von Arnold lässt keinen Menschen
mehr ein. Durch die alte Therese hört Hardanger
bisweilen, wie es ihr geht. Er meint, sie leide am
Verfolgungswahn. Hollmann selbst ist sehr verschlossen
seitdem. Er sieht recht eingefallen aus. Neulich habe
er Carus besucht und ihm geklagt, das viele Arbeiten
mache ihn nervös, aber er müsse arbeiten, um endlich mit einem Problem fertig zu werden, das ihn jetzt
sehr dränge.

Im Blitzlicht eines clairvoyanten Augenblicks erkannte Hardanger die Ursache von soviel Elend. Es
war ihm zu Mut wie einem Verbrecher, dem man
harmlos von einem Verbrechen erzählt, ohne zu wissen,
dass man den Thäter vor sich hat. Der gute Hollmann sollte schuld an Allem sein. Er schien wie

berauscht von seinen Erfolgen. Aber hatte er Hollmann nicht in diesen Rausch hineingehetzt? Hatte er
nicht allein die Möglichkeit gegeben, dass alles so
kommen konnte? Er hatte die Hilflosigkeit der al-
ternden Dame ausgenutzt, hatte Fräulein Kuhn zum
Medium ausgebildet und hatte ihnen allen das grosse
Interesse an den Sitzungen eingeflösst.

Einen Augenblick überlegte er, ob er nicht alle
seine Pläne aufgeben und nur wieder gut machen
sollte, was er hier verdorben hatte. Wenn er sein
Vorhaben ansführte, konnte das nur eine Fortsetzung
jener ganzen Kette von Unglück und Verbrechen sein.
Er kannte diese Caritas zu gut, um nicht zu wissen,
dass bei unvorsichtigen Experimenten ihre Gesundheit
so wenig halten könne wie die von Fräulein Kuhn. Zur
Vorsicht aber fehlte ihm die Kraft, wenn es diese Versuche galt. Er zerstörte die kindliche Märchenwelt
dieses harmlosen Carus, er riss Krauts aus dem Frieden
heraus, den er sich mühsam genug errungen hatte, er
untergrub die eigene Gesundheit. Und alles das wozu?

Dann aber kam es über ihn wie kalter Entschluss.
Nein, dafür war er nicht verantwortlich, wenn plumpe
Finger sein Werk entstellten! Hätte er ungestört
durchführen können, was er angefangen hatte, aus
ihrer kleinen düsteren Gemeinde wäre eine Gemeinde
stillsicherer Weisen geworden. Er hätte ihnen allen

einen Lebensinhalt gegeben, sie waren die Ersten gewesen, die seine Welt und Wanas Welt erkannten.

Das war es, Wanas Tod! Der hatte das erste Unglück gebracht über die, die ihm am nächsten standen. Mochte das nun weiter kreisen und weiter. Wie ein Erlöser hatte er durch die Menschen gehen wollen. Nun war er ein Verhängnis, ein Engel der Rache — Lucifer! Was ihm entgegentrat, sollte vernichtet werden. Was lag ihm noch an diesem Carus, diesem Krauts und ihrem stillen Glück! Er war ihr Schicksal, und sie sollten ihm gehorchen, wenn er sie verdarb!

„Zunächst muss ich erklären, dass ich es unverantwortlich finde, dass Hollmann die Versuche ohne mich fortgesetzt hat. Er mag sich mit seinem Gewissen abfinden, so gut er kann. Ich weiss nur, dass unter meiner Leitung ein solches Unglück nicht vorgekommen wäre und auch nicht vorkommen wird."

„Sie denken also ernstlich daran, Ihre Versuche wieder aufzunehmen?"

„Die Versuche sind mir ernster als je."

„Aber ich fürchte nur, Fräulein von Arnold wird ihre Wohnung nicht mehr dazu hergeben."

„Daran habe ich auch gar nicht gedacht. Die Sitzungen finden statt in meiner neuen Wohnung, bei Werkmeister Krauts in Friedrichshagen."

„Wie, Sie wohnen jetzt bei Krauts?"

„Seit zwei Wochen."

„Und Krauts wird wieder Sitzungen abhalten?"

„Ja, er will sie dulden. Aber nur unter der Bedingung, dass die Teilnehmer sich auf Ehrenwort verpflichten zu schweigen."

„Und wer sind die Teilnehmer?"

„Ausser Krauts und mir nur Sie und Caritas."

„Und das Medium."

„Ich werde Caritas dazu ausbilden."

„Caritas? Dann muss ich bedauern. Caritas ist die Mutter meines Kindes. Sie ist mir zu lieb, um ihr Leben aufs Spiel zu setzen."

Aber Hardanger wusste ihn zu beruhigen. Von Gefahr sei überhaupt keine Rede. Ob er Fräulein Kuhn von Anfang an gekannt habe? Ob es ihm nicht aufgefallen sei, wie sie in seiner, Hardangers Behandlung auflebte? Nun, und da wolle man ihn verantwortlich machen für das Unglück? Die Sitzungen seien für Fräulein Kuhn kein Gift, sondern ein Heilmittel gewesen. Freilich, das Zuviel mache aus jedem Heilmittel ein Gift. Aber wer habe denn das Zuviel verabreicht? Und wer habe seiner Zeit auf einen langsamen Fortschritt der Versuche bestanden, gegen den Willen von Fräulein von Arnold, ja gegen den Willen von Carus und Caritas? Also was diesen Punkt anlange, so solle Carus ohne alle Furcht sein.

„Aber weshalb denn grade Caritas? Es giebt doch soviele vorgebildete Medien, bei denen Sie nicht halb die Mühe hätten."

„Weshalb nicht das erste beste Medium? Weil ich keine Lust habe mich mit meinem Schmerz zu profaniren, und weil ich vor allen Dingen das Medium persönlich kennen will. Ich muss wissen, dass mein Medium ein Wesen von innerem Adel ist."

Hardanger beobachtete die Wirkung der letzten Worte. Sie trafen. So flocht er seine Bemerkung über den inneren Adel der Caritas so oft in sein Gespräch ein, bis Carus endlich Caritas hereinrief.

„Liebe Caritas, Herr Hardanger möchte —"

Hardanger unterbrach ihn. Er sah Caritas fest ins Auge und sprach mit der Bestimmtheit des Hypnotiseurs: „Wir werden von heute Abend ab in Friedrichshagen bei Krauts einige Sitzungen abhalten. Sie werden uns dabei unterstützen als Medium."

Caritas stand da, sprachlos, und starrte nur unbewegt in die Augen Hardangers, die sich unbarmherzig in sie einfrassen.

„Sie sind doch einverstanden?"

„Jaa — wenn Sie wünschen —"

„Gut, also alles in Ordnung. Aber nun haben wir auch keine Zeit zu verlieren. In einer halben Stunde fährt der nächste Zug. Es ist das Beste,

wir fahren gleich hin und richten alles für den
Abend her." — —

Es giebt eine rätselhafte Kraft in uns, die in
grossen Augenblicken des Lebens all unsern persön-
lichen Willen bei Seite wirft und uns in die Bahnen
zwingt, die das Schicksal unserm Dasein vorgezeich-
net hat. Dieser Kraft gehorchten Carus und Caritas,
als sie wortlos Hardanger folgten.

V

In der Fabrik schüttelten sie die Köpfe. Mit Krauts war das nicht richtig. Seit einigen Tagen hatte er wahrhaftig die Pfeife wieder hingelegt. Ganz wie in der verfluchten Zeit damals, wo die Spiritisten ihm das Rauchen verboten hatten. Neulich hatte der Maschinist, der die Dampfmaschine versorgte, ein Lager warm laufen lassen. Der ganze Betrieb hatte über eine Stunde aussetzen müssen. Und Krauts sagte nichts. Wenn das kein Rückfall war! Aber das kam von seinem Umgang. Dieser infame Duckmäuser, der sich bei ihm eingenistet hatte! Und dann die beiden Braunen, die aussahen wie dressierte Mönche!

Ja freilich, der Umgang war es. Aber die beiden Braunen waren unschuldig, der infame Duckmäuser allein hatte Alles fertig gebracht.

Der gute Krauts! Die Doktoridee hatte ihm so geschmeichelt. Er fühlte sich so überlegen dabei und hatte schon im Einzelnen einen Plan ausgearbeitet, nach dem er seinen bedauernswürdigen Patienten heilen wollte. Aber dieser Patient hatte etwas an sich, das einen förmlich betäuben konnte. Mochte man sich in seiner Abwesenheit etwas noch so fest vornehmen, kaum stand man ihm gegenüber, waren alle Vorsätze zum Teufel.

Schon am ersten Abend, als Hardanger Carus und Caritas bei ihm einführte, hatte sich das gezeigt. Die bleichen Erscheinungen erinnerten Krauts an die vegetarischen Gesichter seiner Vergangenheit. Seine robuste Handwerkernatur fühlte etwas wie Mitleid und in seiner Gutmütigkeit dachte er sie aufzuheitern.

„Sie scheinen ja einen ganz brauchbaren Durst zu haben, mein lieber Alkoholiker" wandte er sich an Hardanger. „Na, so zum Abgewöhnen sollen Sie noch was haben. Was meinen Sie zu einem anständigen Punsch? so einem von zwei Pferdekräften? Meine verehrten Gäste sind doch einverstanden?"

Da hatte Hardanger, ohne die Antwort der beiden Braunen abzuwarten, gesagt: „Was Caritas anlangt, so muss ich jedenfalls danken."

Caritas hatte sich ohne Weiteres gefügt und um eine Tasse Thee gebeten. Aber selbst das hatte Hardanger nicht zugelassen. Sie dürfe keinerlei aufregende Getränke zu sich nehmen. Nicht einmal Milch wollte er gestatten. Er sei von nun ab für ihre

Gesundheit verantwortlich und müsse auf strengste Befolgung seiner Vorschriften dringen.

Krauts wollte aufbrausen. Aber in dem Blick, den Hardanger ihm da zuwarf, lag etwas, das machte ihn still — mehr: Ihn, den handfesten Werkmeister Krauts hatte es eisig überlaufen. Er wusste nicht, wie es kam, aber er musste an jenen Augenblick denken, als der Mitnehmer der Drehbank ihn in das Räderwerk zerren wollte.

Der Abend verlief sehr unbehaglich. Über der kleinen Gesellschaft lag es wie eine schwüle Wolke. So hatte Krauts seinen Mieter nie gesehen, so düster und unheimlich. Aber noch nie auch hatte Hardanger solche Macht über ihn gehabt wie eben heute.

Dann kamen die Umordnungen, und damit für Krauts das alte Elend. Wie die geheimnisvollen Gerätschaften aus der Dunkelkammer sich wieder hervorwagten und das Hauptzimmer umwandelten, wurde ihm auch die alte Zeit wieder lebendig. Den Doktor hatte er spielen wollen, und mehr als irgend einer des kleinen Kreises hatte er den Doktor nötig. Die Pfeife legte er hin, ohne dass Hardanger es mit der geringsten Andeutung verlangte. Er fing an sein Aquarium zu vernachlässigen, und jede Überstunde in der Fabrik konnte ihn rasend machen. Je mehr er aber seine Liebe den Maschinen und

Molchen entzog, um so heisser wurde sein Wunsch, auch sein kleiner Franz möge bei den Materialisationen erscheinen.

Hardanger hatte Recht gehabt, Caritas entwickelte sich zu einem vorzüglichen Materialisationsmedium. Schon in der ersten Sitzung hörten sie Klopflaute. Sie waren schwach wie das Picken einer Nadel. Aber sie steigerten sich bald zum Geräusch der tickenden Uhr und schliesslich zum krachenden Lärm eines schlagenden Schmiedehammers: Stationen, an denen Hardanger einst sehr lange gehalten, und an denen er nun im Flug vorübereilte.

Dann die ersten Sprachphänomene. Das im tiefen Trance liegende Medium sprach in Stimmen, die nicht der ihren glichen. Aber es war auch weder die Stimme Wanas noch die des kleinen Franz. Einmal abends redete das Medium in einer Sprache, in der Hardanger semitische Elemente erkannte. Ein Phänomen, das ihn früher im höchsten Grad gefesselt hätte, das ihm aber jetzt nur unerwünschter Aufenthalt war.

Eine rasende Ungeduld pochte in ihm. Die Umwandlungen im Wesen seines Wirtes übersah er fast völlig, und wenn Caritas von Tag zu Tag bleicher wurde und über Schwindelanfälle klagte, ängstigte ihn nur, dass Carus sie den Experimenten entziehen könne.

Endlich eine Erscheinung, wie Hardanger sie sich

wünschte. Krauts sah es zuerst. „Sie leuchtet" sagte er und zitterte vor Erregung.

In der That, durch den Spalt im Vorhang sah man um den Kopf der Caritas eine bläuliche Phosphorescenz, wie von einem verwesenden Leichnam — ganz schwach nur, aber alle unterschieden es. Plötzlich ein leichtes Rascheln. Der Vorhang kam in Bewegung. Sie sahen schärfer hin und erkannten nun zwei bläuliche Flecke von der Farbe jener Phosphorescenz den Vorhang auf- und niederhuschen.

Allmählich wurde das Flattern im Vorhang stärker. Gleichzeitig wurden die Flecke kräftiger. Sie nahmen Umrisse an, sie gliederten sich. Jetzt sahen sie aus wie zwei Spinnen, jetzt wie zwei Polypen, jetzt — ja, kein Zweifel, das waren zwei Hände.

Hardanger hielt sich nur mühsam. Er kannte die Form der Hände, er kannte dieses nervöse Tasten und Suchen. Das war Wana, Wana in ihrer Todesnacht, wie ihre Hände an der Decke so ängstlich auf und niederliefen.

Da stöhnte es hinter dem Vorhang.

„Herr Hardanger!" Carus bat — in seiner Stimme klang es wie Weinen — „Um Gotteswillen schliessen Sie."

Hardanger machte Licht. Es dauerte lange, ehe Caritas wieder zu sich kam. Sie war so matt, dass sie kaum stehen konnte. Hardanger gab ihr Verhaltungsmaassregeln und verschob die nächste Sitzung auf drei Tage.

VI

Diese drei Tage, wie sie ein Martyrium waren
für alle Teilnehmer! Die beiden grossen Kinder im
Dieffenbachkittel waren nahe daran, aus ihrem magne-
tischen Schlaf zu erwachen. Nachts wurden sie von
schaurigen Träumen heimgesucht. Wurde Einer von
ihnen wach, weckte er auch den Anderen. Dann erzählten sie sich von ihren Visionen und machten sichs
einander gruselig. Schliesslich sprachen sie sich wieder
Mut zu und thaten, als schliefen sie ein. Aber sie
starrten dann nur mit weiten, ängstlichen Augen in
die dicke Nacht.

Carus warf sich tief in seine Arbeit. Was er jetzt
schuf, war besser als Alles was er vorher geleistet hatte.
Wer diese nackten Menschen sah in ihrer dichten,
bläulichen Hülle, wie sie verloren durch die Tiefen
endloser Wälder irrten oder zusammenbrachen in einer
uferlosen Wildnis, hätte eine solche Kraft der Dar-
stellung dem Maler nicht zugetraut, dem das Modell
so wenig erwünscht war.

Und doch hatte Carus keine Freude mehr an seinen Bildern. Wie oft, wenn er Caritas einen neuen Entwurf zeigte und Caritas ihm zitternd gestand, ja, ganz so habe sies im Traum gesehen, sagte er mit einer ihm selbst fremden Entschlossenheit: „Nun ists genug! Heute gehen wir nicht mehr hin. Wir haben dem Kind gegenüber die Pflicht uns nicht anstecken zu lassen von den kranken Geschichten." Ach, sie waren doch so hülflos, sobald die Stunde zur Abfahrt näher kam. Sie überhasteten sich schliesslich, den Zug ja nicht zu versäumen. Die Macht, die sie zog, war stärker als sie.

Das Seltsamste war, dass sie nicht eigentlich vor Hardanger sich fürchteten. Er war ihnen wie ein Schicksal, über das man nicht grübelt. Aber Krauts, der stämmige kleine Krauts mit dem Stechblick im Auge, der machte ihnen bange. Sie hatten keine Ahnung, wie wenig Anlage der gute Werkmeister zum Dämonen hatte, wie fürchterlich er selbst darunter litt, wenn er sie hinter dem Rücken Hardangers einmal bei Seite nahm und ihnen verstohlen von seinem kleinen Franz erzählte. Ja, er sah Caritas dabei stechend ins Auge, er wollte ihr die Erscheinung des kleinen Franz suggerieren. Aber wie wenig war er ihnen überlegen, der arme „Doktor" Krauts!

Unterdessen trieb das böse Gewissen den Urheber

dieses Elends durch alle Qualen einer schuldbewussten Einsamkeit. Ein dumpfes Gefühl raunte ihm durch seinen Wahnsinn zu, dass das Verbrechen ihn Wana immer fremder machen müsse. Sein Leben war so rein geblieben bis in diese Tage, selbst in seiner Verbitterung war er edel gewesen. Und nun dieses Unheil! Durch ihn Existenzen vernichtet, über die er hatte lächeln können, die ihm aber heilig waren in ihrer stillen Entsagung. Er fühlte sich herausgeschleudert aus allen festen Bahnen, und hatte doch nicht die Kraft zur Umkehr. Kaum wagte er mehr an Wana zu denken auf seinen einsamen Wegen durch die Kiefernwälder. Wenn er den Mond aufgehen sah über dem Wasser und die Wellen glitzerten im Licht, konnte er sich weinend niederwerfen und mit dem Gesicht gegen den hartgefrorenen Boden schlagen. Sterben, sterben, ehe das Maass seiner Verbrechen zu sehr anschwoll!

Aber auch ihn hielt das Schicksal fest, und willenlos kreiste er fort im Wirbel seines Malstromes. —

Es dunkelte. Hardanger sass mit Krauts im Vorderzimmer und wartete auf Carus und Caritas. Jede Minute konnten sie kommen. Krauts brütete zusammengekauert vor sich hin. Hardanger betrachtete ihn lange mit innigem Mitleid.

Plötzlich durchfuhr es ihn. Um den Körper des Werkmeisters her bemerkte er eine leichte Nebelhülle.

Die Erscheinung selbst konnte ihn nicht überraschen.
Er wusste von dem Odmantel, der alle Wesen um-
gab, der aber für das gesunde Auge unsichtbar blieb.
So tief also war seine Gesundheit schon gesunken.
Sein Wille zum Ende jubelte auf bei der Entdeckung.

„Herr Krauts —"

Krauts schnellte zusammen. Aber gleich darauf
fiel er wieder in sein Brüten.

„Herr Krauts, sagen Sie doch, als Sie damals so
herunter waren, durch Ihren Sohn meine ich, waren
Sie da schon so weit, dass sie die Odhüllen sehen
konnten?"

„Nein!"

„Wenn Sie von mir hörten, dass ich so weit wäre,
würden Sie mich warnen?"

„Nein!"

„Aber Sie haben mir doch versprochen, als mein
Doktor —"

Der Stuhl fiel fast um, so hastig stand Krauts auf.
Dann trat er vor das Fenster und sah stumm in die
aufziehende Nacht.

Wieder die drückende Stille, die nun schon all
die Zeit wie ein Fluch ihre Hand hier ruhen liess.

Die Ankunft der beiden Gäste war wie eine Be-
freiung. Hardanger und Krauts waren von einer Ge-
schäftigkeit, als müssten sie etwas in sich betäuben. —

Das Medium sass wieder im Sessel hinter dem Vorhang. Krauts hatte für die drei Beobachter Stühle zurecht gerückt, aber niemand wollte sich setzen.

Nicht lange, und die Phänomene der letzten Sitzung wiederholten sich. Eine matte Phosphorescenz um den Kopf des Mediums, dann das Flattern im Vorhang, das Auf- und Niederhuschen der blauen Flecke.

Aber die Flecke wollten sich heute nicht gliedern. Auch der Vorhang kam bald wieder in Ruhe. Er hatte sich jetzt so gelegt, dass ein ziemlich breiter Spalt in der Mitte freiblieb. Die drei Köpfe drängten sich zusammen und starrten durch den Spalt auf die blaue Phosphorescenz um den Kopf der Caritas. Aber selbst diese Phosphorescenz liess nach.

Mit einem Schlag fuhren die Köpfe auseinander.

Ja, sie hatten es alle gehört. Hinter ihrem Rücken kam es her. Aber nur Hardanger kannte den Klang, den wehen Akkord, aus dem die sterbende Wana ihn so schmerzlich ansah.

Noch einmal hörten sie es, leiser, ferner.

„Hier —". Krauts keuchte es fast.

Wieder sahen sie durch den Spalt. Die Phosphorescenz leuchtete stärker. Sie verhüllte den Kopf bis zur Unkenntlichkeit. Dann wallte sie wie ein Nebel tiefer, umzog die Hände, Füsse, den ganzen Körper.

Nun löste es sich. Die Gestalt des Mediums wurde wieder frei. Doch die Phosphorescenz war nicht verschwunden. Als Nebelsäule stand sie neben der schlafenden Caritas. Und die Nebelsäule gliederte sich. Ein Kopf drängte nach Formung, und in dem Kopf —

Ein geller Missklang, wie von einer zerrissenen Saite, dann ein dumpfer Schlag, und alle Erscheinungen waren fort.

Mit bebenden Händen zündete Hardanger Licht an. Caritas wand sich in Krämpfen am Boden, in ihren Mundwinkeln klebte Blut.

„Herr Hardanger!" Carus starrte ihn an in hülflosem Entsetzen.

„Still, still, das hier, nein das hier ist nichts, bloss — sie wird sich bald erholen, sehr bald. Ja, sie soll nicht mehr sitzen. Hollmann wird sie behandeln. Heute schläft sie in meinem Bett, ich bleibe hier unten. Morgen bringe ich sie Ihnen nach Haus. Wie gesagt, Sie können ruhig sein, ganz ruhig."

VII

Das blaue Mondlicht fiel ihm ins Auge. Er erwachte und kleidete sich an.

Wie frisch er sich doch fühlte! Ja, das war die einzige Lösung gewesen, dieses Leben der Nacht. Das Tageslicht vertrug er nicht mehr. Selbst die gelbe Wintersonne stach ihm schmerzhaft ins Gesicht. Sein Schlaf des Nachts war unruhig und voll schwerer Träume, Tags war er zerschlagen und unfähig zum Denken. Zudem war der Tag die Zeit der Menschen. Auf den einsamsten Wegen war er nicht sicher vor einer Begegnung. Und eine solche Begegnung konnte ihm fürchterlich werden. Bei dem einfachen Streifblick eines Menschen war ihm, als verliesse ihn selbst eine Kraft. Fast willenlos war er so schliesslich hineingewachsen in dieses Leben der Nacht.

Er ging hinunter. Im grossen Zimmer war noch Licht. Er trat ein. Krauts sprang vor ihm auf und suchte ein Buch zu verbergen. Hardanger hatte den „orbis pictus" wohl erkannt, aber er that, als sähe er nichts.

„Nun, was macht der kleine Lulu?"

„Danke, Herr Hardanger, es geht ihm schon besser."

Sie traten ans Aquarium. Krauts leuchtete, war überhaupt sehr dienstbeflissen, als habe er ein böses Gewissen. Sie beobachteten den kleinsten der drei Molche, der seit einigen Tagen nicht mehr recht lebendig war.

Hardanger schob sich scheinbar den Kragen zurecht und blickte dabei im Zimmer umher. Auf dem Tisch stand noch immer der alte Zauberkasten. Nach jenem unglücklichen Abend hatte er es durchgesetzt, dass die Stuben wieder in der alten Weise hergerichtet wurden. Das Dunkelzimmer war wieder zur Rumpelkammer geworden. Doch in der Rumpelkammer fehlten einige Stücke. Die Bilderbücher und den Guckkasten seines Kleinen hatte Krauts zurückbehalten. Allabendlich sass der alte Mann nun da in seinem Lehnstuhl und versenkte sich in die bunten Bilder, die seiner Kindheit ein Zauberschlüssel versteckter Herrlichkeit gewesen waren, und die er dann seinem Franz mit soviel Liebe erklärt hatte. Hardanger hätte weinen können, wenn er ihn so bei den alten Büchern sah. Das friedliche Bild dieses schauenden Alten war ihm eine furchtbare Drohung um Vergeltung und Rache. Mit unsäglicher Mühe hatte er ihn endlich dahin gebracht, dass er sich

9*

wieder etwas mehr mit seinem Aquarium abgab. Aber
es war keine rechte Freude mehr dabei. Jetzt, wo
er neben ihm stand, fühlte Hardanger nur zu gut,
wie er sich nach seiner Einsamkeit sehnte, um bei
seinen Bildern wieder umzukehren in die eigene Jugend
und die seines Franz.

„Übrigens, Herr Krauts, was ich sagen wollte,
mein Verleger schickt mir da einen Katalog neuer
technischer Schriften. Sehen Sie sichs doch mal an,
ob Sie was brauchen können. Der Verleger ist sehr
zuvorkommend und überlässt mir alles zur Ansicht."

Krauts nahm den Katalog mechanisch an sich
und wünschte Hardanger eine gute Nacht. Er atmete
auf, als er die Hausthür sich schliessen hörte, riegelte
sich ein und setzte den Guckkasten zurecht.

Hardanger schlich gebückt mit langsamen, unsicheren Schritten an den Platz am See. Er wickelte
sich fest in seinen Mantel, sass nieder und sah hinauf in den Mond.

Wie das Licht ihn anzog! Die Strahlen sogen
an seinen Blicken. Das Morgengrauen schläferte ihn
ein, aber der erste Mondstrahl rief ihn wach. Sein
Schwerpunkt war ganz hinübergeglitten in das Reich
des Dunkels.

Und er dachte der seltsamen Welt, die der Mond
mit seinem Lichte so zum Leben bringt. Eine un-

heimliche Welt, voll scheuer Blicke und huschenden Gespensterseins. Die Welt der Somnambulen, denen der Mond ihr Ichbewusstsein nahm, und die nun hintasteten in dies webende Reich, das dem Tag und seinem Leben fremd ist — feind ist.

Ja, feind. Das war die Angst des Volkes vor dem Mond, der „Aberglaube", dass sein Licht junge Wesen tötet, dass er den Schläfer nachtblind macht und das Gesicht aufschwellt. Keine Überweisheit konnte den schlichten Menschen, der drinstand im Leben, seine Scheu ausreden vor dem zunehmenden Mond, dem Mond, der eigentlich Mondkraft zeigt. In seinen Zeichen sät der Bauer nicht, denn seine Wurzelpflanzen schiessen dann ins Kraut. Der Förster mag nichts fällen, denn das Holz würde nicht halten gegen Fäulnis und Wurmfrass. Der Fischer verdeckt ängstlicher seine Fische, sie faulen ihm sonst, wie alles frische Fleisch dann faulen muss.

Einen toten, vereisten Stern, einen Stern ohne Leben hatte die Wissenschaft aus dem Mond gemacht. Aber er war ein Vampyr, ein saugender Polyp, die grösste Gefahr der blutwarmen Erde. Die einfachen Menschen da draussen sahen es klar. Nur drin in der Stadt, die „Kulturmenschheit" war blind dafür.

Da ging der Vollmond durch die Sterne, und sein Verwesungsschimmer schlich hin über Wasser

und Land. In das Dickicht düsterer Wälder bohrte
er sich tief, auf dem jungen Grün der Wintersaat lag
er wie ein Alb, und kroch mit seinem falschen Glanz
hin über die Dächer der Städte. Am Strand, im
Wald und im Feld kannten sie ihn und wehrten sich.
Aber unter den schimmernden Dächern waren sie
ahnungslos, und ungehindert sog der Vampyr am
Himmel sich voll an ihnen.

Wie, wenn er sie warnte? Wenn er sein Leben ab-
schloss mit diesem Werke? Es war eine Sühne seiner
Verbrechen, denn seine Verbrechen retteten dann ein
Geschlecht.

Oh, er kannte die Gefahr so gut! Er wusste den
Punkt so genau, an dem das Reich der Schatten ein-
griff! Das waren die Medien und Somnambulen, die
Visionäre und Ekstatiker: Menschen, deren Haupt
der Heiligenschein umgab, die dichte Odhülle. Aber
Heiligenschein und Od waren Verwesung, Elemente,
die das Dunkel nötig hatten und am Tag zergingen.
Am Abend, wenn die Sonne schwand, ging ihr Tag
erst auf. Das Ich der Menschen strömte aus in solche
Elemente, und das Reich der Schatten sog an ihnen.

Er musste sich Bewegung machen. Wieder, wie
in alten Tagen, schoss eine Flut von Gedanken auf ihn ein.

Ja, das war sein letztes Wort. Er wollte nicht
höhnisch überlegen sprechen wie vordem, nein, warm

zuredend, wie es der Busse ziemt. Sich selbst wollte
er schildern, sein Hinübergleiten in die Nacht, seine
Odsichtigkeit. Und dann ein grosses Gemälde ent-
werfen, wie dieses Leben der Nacht in der Geschichte
der Menschheit sich so verführerisch darstellte.

Oh, sie sollten sehend werden! Sie sollten nicht
mehr die Priester der Mysterien verehren, Tempel
der Unterwelt und Katakomben. Sie sollten es klar
sehen, dass der Seher nicht gross war durch die
Fähigkeit, die alles auf sich wirken lässt, nein, klein
in seinem Unvermögen, sich selbst abzuschliessen,
ein Embryo, der noch mit offenen Adern im Mutter-
leibe liegt. Den Orpheus sollten sie nicht mehr be-
wundern um seine Macht, sie sollten seine Zuhörer
bemitleiden um ihre Hülflosigkeit.

Dann blieb er wieder stehen. Er musste sich
umdrehen und das Gesicht zum Mond hinwenden. Eine
Macht war da, die zog an ihm und sog, und er war hülflos dagegen. Und im langen Anblick der bleichen Scheibe
wurden seine Züge noch tiefer; seine Kniee zitterten.

Mit plötzlicher Willensanstrengung raffte er sich
dann auf und mit verzerrtem Gesicht ballte er die
Faust zum Himmel.

„Mich magst du verderben! Quäle mich! Mehr,
mehr! Sie hören es dann besser, wenn ich sie warne.“

VIII

Hahahaha!

Sein Lachen schrie gellend über den See.

Lachen, lachen, kreischen vor Lachen, das war das einzige. Den Menschen hatte er helfen wollen, den Menschen und ihrer Erde. Da hatte er den Mond verdächtigt als saugendes Ungeheuer. Als ob die Erde im Geringsten besser wäre! Als ob sie für die Sonne nicht wäre, was der Mond für sie!

Sie beteten die Sonne an, moderne Gelehrte sogut wie alte Baalsdiener. Haha! wenn nun diese Liebe etwas einseitig war? Wenn es dort in der Sonne, wo grade die Erde aufging, genau so kalt und schaurig war, wie hier beim Mondaufgang?

Aber die Erde — nein, das war wirklich zu spassig! der betrogene Betrüger. Sie glaubte zu stehlen und wurde bestohlen — noch dazu von ihren eignen Kindern, ihren Pflanzen und Tieren.

Kinder, ja so nannten sie sich selbst. Aber — wer sich doch auf die Sprache der Käsemaden und

Schmeissfliegen verstände! Die heilige Mutter Erde,
das war am Ende nur die heilige Mutter Käse, der
heilige Vater Aas. Und dann verweste der Stein nur
im Moos, und das Moos verweste im Insekt. Aber
vom Stein zur Pflanze und von der Pflanze zum Tier
war doch ein Fortschritt. Die Leichenwürmer hatten es
ja selbst gesagt. Die Verwesung als Fortschritt, Kuh
und Pferd als Präexistenzformen der Käsemaden und
Schmeissfliegen. Hahaha! Allerliebst, ganz allerliebst!

Er blieb stehen. Der Mond sah ihm grade ins
Gesicht. Die Strahlen schienen ihn körperlich dicht
zu streifen. Er lächelte blöde und machte mit der
Hand streichelnde Bewegungen durch die Luft. So
ging er langsam weiter.

Bei einer Gabelung des Weges blieb er stehen.
Lange starrte er auf das helle Grau der mond-
beschienenen Wege, wie sie hinliefen durch die
schwarzen Kiefernwälder. Dann verzerrte sich sein Mund
zu einer Geste voll unsäglichen Ekels.

Da lag es ja so deutlich! Diese Wege, die sich
da ins Land einfrassen, da hatte ein Holzwurm Spuren
hinterlassen. Aber der Holzwurm weiss auf sich zu
halten. Er nagt und nagt, und er ist stolz auf sein
Nagen. Er beherrscht den Baum, und seine Wege
durch den Baum sind Fortschritt. Ja, Fortschritt und
die Brücke zu einer höheren Art. —

Nein, nein, das führte er nicht durch! Die letzten Nächte hatte er gearbeitet wie ein Rasender, sein letztes Werk zu Ende zu bringen. Es fehlte nichts, als die abschliessenden Kapitel. Aber die — nein heute noch warf er das Ganze ins Feuer. Etwas anderes schrieb er als seinen Epilog, etwas Boshaftes, giftig boshaft, so eine Art Satyrdrama, giftig spöttisch. Holzwurmkultur, Madengedanken —

Halt, das ging, daran liess es sich anknüpfen.

Die Herren mit der Brille hatten da ein grosses Ausgleichungsgesetz herausgeschnüffelt von der Ergänzung zwischen Tier und Pflanze. Das mit der Kohlensäure und dem Sauerstoff. Die Pflanzen nahmen das eine, die Tiere das andre. Das war ein wunderbares „Gesetz", das war die Harmonie von Tier und Pflanze.

Damit war gut anzufangen. Sie sollten die Harmonie ein wenig hören. Nein, nicht hören — riechen sollten sies. Also: wir schlürfen da im Blumenduft ein Etwas ein, das geben die Pflanzen von sich, und zwar geben sie es recht gern von sich. Ja. Und wir überlassen den Pflanzen dafür etwas, das ist uns nicht grade angenehm.

Hm, aber das Ganze heisst doch Harmonie!

Weiter! Die Blumen absorbieren ihren Duft in der Blüte. Die Blüte ist für uns das Schönste an der

Blume. Cf. der Lyriker. Für die Blume aber kann
es doch wohl nur so eine Art partie honteuse sein.
Und wenn wir jetzt die Sprache der Blumen verständen
(Sprache der Blumen, ausgezeichnet!), und sie fragten,
welche Partie am Menschen ihnen eigentlich am besten
gefiele, dann — köstlich, köstlich!

Er war umgekehrt und lief nun fast nachhause,
so sehr brannte es ihn, seine Ideen niederzuschreiben.

Er sass am Schreibtisch, die ersten Zeilen standen
schon da. Da fiel ihm ein, er musste ja noch das
alte Manuskript verbrennen. Das Feuer brannte, ganz
wie ers verlangt hatte. So suchte er die Blätter heraus.

Schon wollte er an den Ofen gehen, da klopfte
es schüchtern an die Thür.

Krauts trat ein, bleich und verstört.

„Herr Hardanger, entschuldigen Sie, ich wollte
Ihnen nur sagen kommen, der Kleine ist tot, der
Lulu."

Hardanger staunte ihn an.

„Den Molch meine ich. Nein, machen Sie mir
keine Vorwürfe. Ich habe ihn gut gefüttert. Wie
einen Menschen habe ich ihn behandelt, so vorsichtig.
Aber es war nichts mehr zu machen."

Aber Hardanger machte keine Vorwürfe. Er lachte
nur, lachte so laut und unheimlich, dass es Krauts
entsetzte.

„Also tot, wirklich tot? Wissen Sie was, wir bilden einfach den anderen Molch zum Medium aus und materialisiren den toten Lulu. Was?"

Das war zu viel. Für einen Augenblick kam bei Krauts noch einmal die alte Handwerkernatur zum Durchbruch.

„Sie Lump! Sie Hund! Das wollen Sie mir bieten? Sie mir?! Verrückt gemacht hat mich das verfluchte Aas, und nun will es auch noch lachen?!"

Mit geballter Faust stürzte er auf Hardanger zu. Aber Hardanger wehrte sich nicht; er wich ihm auch nicht aus, er sah ihm nur kalt und ruhig ins Auge.

Da liess Krauts die Hand wieder sinken. Er stöhnte auf, halb vor Ekel, halb vor Schmerz, und taumelte hinaus.

Hardanger stand noch immer da mit seinen Blättern und sah auf die Thür, durch die Krauts gegangen war. Seine Kraft war zu Ende mit jenem Blick. Die Worte des Werkmeisters dröhnten in ihm nach. Aber er fühlte keinen Zorn, er hatte nur Mitleid und Angst um Krauts.

Da hörte er unter sich ein Rasseln. Gleich darauf einen schwirrenden Ton wie von einer grossen Fliege. Der Ton endete in einem Rollen. Nach einer Pause dann wieder das Rasseln, das Schwirren, das Rollen.

Auf den Zehen schlich er die Treppe hinunter
und sah durchs Schlüsselloch. Da sah er Krauts mit
einem Brummkreisel spielen. Er beugte sich darüber,
und wenn der Kreisel gut ins Laufen kam, lachte er
vor sich hin wie ein Kind.

Das hielt Hardanger nicht aus. Er klopfte und
trat ein.

„Herr Krauts — darf ich Sie um Verzeihung
bitten?"

Krauts sah ihn nur verzweifelt an und flüchtete
in die Ecke der Stube.

„Bitte, liebster Herr Krauts, ich sehe ja ein —"

Aber Krauts war nicht mehr zu beruhigen. Er
zitterte am ganzen Leibe.

Da schlich Hardanger wieder hinauf. Er setzte
sich vor den Schreibtisch und nahm den Kopf in die
Hände. Langsam tropfte Thräne um Thräne auf das
weisse Papier der begonnenen Arbeit. Dann nahm er
das alte Manuskript und verschloss es sorgfältig. Das
Blatt auf dem Schreibtisch zerriss er und warf es
ins Feuer.

IX

Das Mondlicht floss wieder ins Zimmer. Hardanger erwachte und sah sich schlaftrunken um.

Was war das? Neben dem Bett sass eine Gestalt. In ihrer dichten Odhülle verschwamm sie fast. „Hollmann?!" Er mochte noch nicht daran glauben. Der Doktor hatte immer so viel auf sich gehalten. Wie kam er zu dieser vernachlässigten Kleidung? Selbst sein Gesicht schien welk geworden.

„Ja, Hardi, ich bin es." Seltsam, auch seine Stimme war gealtert. „Ich warte hier schon zwei Stunden. Wecken wollt ich dich nicht, du scheinst den Schlaf sehr nötig zu haben."

„Wer hat dir gesagt, dass ich hier wohne? Was willst du von mir?"

„Deine Wohnung weiss ich von Carus. Ich komme gerade von ihm. Es sieht schlecht aus dort. Caritas hat ihren Klaps weg. Wenn sie doch wenigstens das Geld hätten, nach dem Süden zu reisen. Aber Elend, Elend überall."

„Das mit Caritas ist nicht das einzige?"

Hollman schüttelte traurig den Kopf: „Vorige Woche haben wir Fräulein von Arnold ins Irrenhaus gebracht. Sie hatte einen schlimmen Verfolgungswahn. Schliesslich riegelte sie sich ein und wollte verhungern. Wir mussten die Thür einschlagen. Jetzt liegt sie in ihrer Zelle und bekommt tagtäglich zwangsweise ihre paar Liter Milch in den Magen gepumpt. Anfangs wehrte sie sich fürchterlich. Sie glaubte, man wollte sie vergiften. Jetzt kann sie sich nicht mehr wehren, sie ist zu schwach geworden."

Hollmann schwieg. Hardanger fühlte das Blut in seinen Schläfen wie Hammerschläge.

„Hardi, sag mir doch, warum hast du mich so allein gelassen? Es ging alles gut, solange du bei mir warst. Nachher — Fräulein Kuhn und Fräulein von Arnold habe ich nun auf dem Gewissen."

„Hollmann, Hollmann" Hardangers Stimme zitterte, „sag das nicht, nur das nicht! Ich allein bin an Allem schuld. Ich habe dich im Stich gelassen, ja. Aber sieh, das war nicht anders möglich. Nach Wanas Tod — ach wenn du wüsstest, wie gleichgültig mir alles geworden war!"

Hollmann nickte langsam vor sich hin: „Ja, ja — Wanas Tod, der ist uns allen hoch zu stehn gekommen."

Hardanger zuckte wie in einem Krampfanfall.

„Hollmann — nicht so was sagen! Ich, ich allein! Ich bin ein Verbrecher geworden, aber Wana, du, denk das nicht!"

Er sprang auf und kleidete sich an in rasender Hast.

„Hollmann, du bist mein einziger Freund gewesen, sei jetzt mein Beichtvater."

Er unterbrach sich und schien auf etwas zu horchen.

„Hörst du nicht?"

„Das Brummen? Ja. Was soll das?"

„Das ist Krauts, mein Wirt, der Werkmeister. An dem Mann bin ich Verbrecher geworden, mehr als an irgend jemand. Vor Jahren hat er seinen Sohn verloren. Es traf ihn tief, er ging unter die Spiritisten, die sollten ihm seinen Franz wiederzeigen. Dann hat er sich wieder freigemacht, mit unmenschlicher Anstrengung, sag ich dir. Er hat sich seine eigene Weltanschauung errungen, er ist in die Einsamkeit gegangen, und er ist glücklich gewesen — bis ich kam."

„Und du, was hast du ihm gethan?"

„Oh, nichts, ich habe ihn nur zugelassen zu meinen Sitzungen. Aber —" Hardanger sprang auf: „Ich kann das nicht mehr hören!"

„Aber so sag doch, was der Ton da unten soll."

„Du" Hardanger flüsterte Hollmann ins Ohr, „weisst du, was der Alte jetzt thut? Der kauert jetzt unten am Boden und spielt Brummkreisel. Den Kreisel hat er noch von seinem Jungen. Die Spielsachen sind nämlich wieder draussen seitdem."

Hollmann sah auf das schwarze Fensterkreuz, das der Mondschein auf die Dielen malte. Dann hörte er wieder das Brummen des Kreisels. Es schauerte ihm und er bat Hardanger Licht zu machen.

Nun starrten sie beide ins Licht. Keiner sprach ein Wort. Hardanger schien sich mit einem Entschluss zu quälen.

„Hollmann, gestern war ich unten bei dem Alten. Ich wollte ihn um Verzeihung bitten, aber er wollte nichts wissen davon. Kannst auch du mir nicht verzeihen?"

„Hardi, was soll ich dir verzeihen? Mir hast du doch nichts gethan."

„Doch, doch. Das mit Fräulein Kuhn und Fräulein von Arnold, das ist meine Schuld."

„Aber so lass doch, wenn es nun einmal nicht mehr zu ändern ist. Wir sind beide noch jung. Ich kam zu dir, weil ich dich wieder herausreissen wollte. Dich und mich. Wenn wir beide Verbrecher geworden sind in Dingen, für die es hier keinen Gerichtshof giebt, so müssen wir es freiwillig wieder gutmachen. Und das können wir. Arbeiten wieder, viel arbeiten, und Zehn glücklich machen, wo wir Einen unglücklich gemacht haben."

Hardanger lächelte trüb vor sich hin: „Was mich angeht — passé."

„Nein, nichts ist passé. Ich kenne dich besser. Jetzt giebt es für dich nur ein Mittel: du musst reisen, bunte Eindrücke durcheinanderwerfen. Du hast mir soviel vorgeschwärmt von der Nordlandsinsel damals und dem verrückten Kapitän mit der Kuh. Wie wär es denn, wenn du nochmal da hinaufreistest?"

Zum erstenmal seit Wanas Tod leuchtete es rein in Hardangers Augen auf.

„Reisen — du — da könntest du recht haben. Ins Nordland? Nein, das nicht — aber sonst ... Nur vorher hätte ich noch Manches zu ordnen. Was sagtest du gleich? wäre Caritas gerettet, wenn sie nach dem Süden käme?"

„Gerettet wohl nicht, aber sie würde dann doch solange leben, wie sie sonst gelebt hätte. Ihretwegen kannst du dich eigentlich noch am ehesten beruhigen. Sie war Kandidatin von Anfang an. Das da hat die Sache nur beschleunigt."

„Und du meinst, im Süden würden sie ihr Schicksal leichter nehmen?"

„Na du kennst sie ja, die beiden Kinder. Sie

müssen nur sehen und staunen können, dann vergessen sie schon. Aber — weshalb fragst du? Du
weisst doch, sie sind zu arm zum Reisen."

„Nein, pass auf, wie ich es meine."

Er ging an den Schrank und holte zwei dicke
Manuskripte.

„Sieh hier, der Verleger hat mich drum gebeten.
Die Kontrakte sind fertig zur Unterschrift. Fünf-
hundert Mark pro Auflage und Buch. Mit tausend
Mark lässt sich schon eine Reise erschwingen."

„Aber Mensch, du musst doch —"

„Bitte lass mich. Ein paar Blaue hab ich noch
hier. Der Rest vom Glück von Edenhall. Du weisst,
ich hatte ja immer gespart für mein künftiges Heim.
Rührend, was?"

„Hardi, willst du darüber spotten?"

„Also, um nun auf besagten Verleger zurückzu-
kommen: der Mann liefert Carus und Caritas mit
seinem Tausendmarkschein eine Anweisung auf Italien.
Die beiden leben ja wie Wüstenheilige, können also
schon einige Zeit auskommen. Die erste Auflage
bleibt dann hoffentlich nicht die letzte."

„Und ich soll die Sache übernehmen? Aber —"

„Pst, du sollst noch mehr übernehmen. Unten,
mein lieber Krauts ist in der Krise. Der Mann ist
noch zu retten, nur heisst es, nicht trödeln. Krauts

ist Werkmeister in der Firma Niemann und Compagnie, der grossen Motorenfabrik hier. Such doch sobald wie möglich Herrn Niemann auf und erbitte für Krauts Urlaub auf zwei, drei Monate. Der Werkmeister ist sehr gut angeschrieben, der Urlaub wird ihm sofort bewilligt, wenn man weiss, um was es sich handelt. Kaum hast du den Urlaub, nimmst du zwei handfeste Krankenwärter und schleppst Krauts in eine Anstalt. Wie er zu behandeln ist, weisst du. Hauptgesichtspunkt: andere Gedanken, andere Umgebung. In seiner Abwesenheit wirst du dann Haussuchung halten und alles Spielzeug und alle Kinderbücher verbrennen. Dagegen ist die Wohnung auszustaffieren mit technischer Litteratur. Ausserdem muss man ihm eine Lieblingsbeschäftigung einimpfen. Bis jetzt hat er ein Aquarium gehabt. Das taugt jetzt nichts mehr. Gieb ihm weisse Mäuse zur Dressur oder was Ähnliches. Verstanden?"

„Schön. Aber du selbst könntest doch —"

„Still, jetzt kommst du erst. Hier —" er holte einen neuen Stoss Manuskript herbei, „auf der Reise könnte das durcheinanderkommen. Willst du das nicht aufbewahren und etwas drin studieren? Wir können uns dann schneller zusammen einarbeiten."

„Mein Gott, willst du denn gleich heute Abend reisen?"

„So, nunmehr kommen wir zum letzten Teile unseres Themas. C'est moi. Da muss ich schon etwas

weiter ausholen. Nun hab ich mich aber heiser ge-
redet. Erst muss ich meine Larynx einrenken. Da
denk ich nun, wir brauen uns einen recht akuten Grog.
Weisst du, so einen wie in seliger alter Zeit, wenn
wir vom Seciren kamen und uns den Leichengeruch
aus der Nase brannten."

„Herrlich, herrlich! Ja, den Leichengeruch wollen
wir uns aus der Nase brennen. Ich wusst es ja,
wir brauchten nur wieder zusammenzukommen, und
Alles war wieder in Ordnung. Mensch, ich habe eine
Lust zum Arbeiten heute, wie seit Monaten nicht mehr.
Also, wo steht dein Giftschrank?"

„Ja den Rum muss ich erst holen. Ich bin hier
nämlich völlig stilgerecht eingerichtet als Spiritist. Keine
Spirituosen. Lucus a non lucendo; Geister und Geist."

„Schön, gehen wir."

„Pardon, da muss ich schon allein gehen. Weisst
du, ich möchte den Alten da unten doch nicht so
sich selbst überlassen."

„Ach so, auch gut. Aber eil dich."

„Binnen fünf Bierminuten wieder zurück." —

Die Treppe ging er langsam hinunter. An der
Thür des Werkmeisters blieb er noch einmal stehen.
Ihm war, er müsse von Krauts noch Abschied nehmen. Aber dann fürchtete er wieder für seinen Plan
und ging weiter.

Das Thor lag hinter ihm. Nun musste er noch einige Schritte langsam gehen, solange Hollmann ihn von oben noch hören konnte. Kaum aber war er an den ersten Häusern vorüber, raste er los. Und nicht eher hielt er still, als bis das Dorf weit hinter ihm lag.

X

Nun war er sicher. An der Bahn würde Hollmann ihn zuerst suchen. Dass er die fünf Stunden
nachts zu Fuss machen könnte, fiel ihm nicht ein.
Am nächsten Tag würde die Gendarmerie Anzeige
bekommen. Nun, bis dahin gab er Hollmann Nachricht.

Die Nordlandsinsel — dass ihm das nicht früher
eingefallen war! Das kam von seiner fixen Idee. Er
hatte dorthin nur zurückgewollt als der berühmte Hardanger. Ein sicherer Winkel für sein einsames Glück.

Weshalb nicht auch für ein einsames Unglück?
Dort sterben, wie das Wild im Dickicht. . . .

Das war das Leuchtfeuerhäuschen auf dem verschlagenen Schärenrücken. An den Seiten der Laterne
die beiden Rotscheiben, die vor den drei bösen Riffen
warnten. Nur unmittelbar von Osten her, dort wo
das weisse Licht stand, liess es sich landen. Da kam
man in die stille Bucht und kletterte die nackten
Felsen hoch zur Hütte, wo der alte Olafson wohnte
und seine Kuh.

Olafson, Arne Olafson, lieber alter Kerl denkst
du noch an den verrückten kleinen Hardanger? Du
hast ihn so oft ausgelacht, wenn er dir erzählte, was
er alles machen wollte aus deiner kleinen Insel. Und
deine Kuh, die herrliche Aagot, schüttelte bedenklich
die Glocke und wollte mir Vernunft zubrüllen. Aber
verstanden haben wir uns trotzdem, du, die Aagot
und ich. Nicht wahr?

Ja, glaubs schon, lieber Arne, die erste Zeit muss
fürchterlich gewesen sein. In deinen Kapitänsjahren
warst du an Menschen gewöhnt und musstest dich
unterhalten. Und nun setzten sie dich auf die gott-
verfluchte Leuchtfeuerinsel — dich, mutterseelenallein!
Ganze Monate kam bei schlechtem Wetter oft kein
Mensch zu Besuch. Ja, Arne, hast Recht, wenn die
Aagot nicht gewesen wäre!

Aber mit der Aagot hast du dich doch immer
gut verstanden. Sie war übrigens eine Schönheit.
Erinnerst dich doch, wie ich dir schwarz auf weiss
zeigen konnte, dass Kuhaugen bei Homer ein Kom-
pliment waren. Und Augen hatte die Aagot, alle Wetter!
sie konnte ordentlich kokettieren!

Nur manchmal wart ihr nicht gut aufeinander
zu sprechen. Ja, das war eigentlich merkwürdig. Da
hab ich dich doch nicht ganz verstanden. Da warst
du so vergrübelt und still, sahst vor dich hin und

sahst doch nichts. Dann waren deine Lippen so fest
zusammengekniffen, als müssten sie die Worte noch
einmal einschliessen, und der Seemannsbart um Kinn
und Backen sah noch einmal so struppig aus. Ja
lieber Arne, da konntest du höllisch ungemütlich sein.
Ich wagte schon gar nichts mehr zu sagen. Und die
Aagot erst, die arme Aagot, die sah mich so wehleidig
an, dass ich selber ordentlich melancholisch werden
konnte.

Komm, alter Seebär, sei wieder gut! In zehn
Tagen bin ich bei dir. Den einen Tag wollen wir
uns noch freuen, dass Aagot springen soll und meckern
wie ein Zickchen! —

Der Dunst des nächtlichen Berlins stieg vor ihm
auf. Er trat in das erste offene Nachtkaffee und liess
sich Tinte und Briefpapier bringen. Er sah sich um.
Er war in eins der plumpen Bordelkaffees des östlichen
Berlins geraten. Das letzte Bild, das ihm die Grossstadt mitgab. Während ihm die Zoten der „Herren"
und das heisere Lachen der Dirnen ans Ohr drangen,
nahm er zum letztenmal die Feder in die Hand und
schrieb diesen Brief:

Mein lieber Hollmann!

Sei nicht böse für die Angst, die ich dir noch
zu schlechterletzt bescheeren musste. Du wirst mich
nie mehr wiedersehen. Gieb dir keine Mühe, mich

aufzusuchen. Lass mich ruhig sterben, glaub mir, es ist das Beste. Spionage würde dir übrigens nichts helfen. Kein Mensch kann ahnen, in welche Gegend ich reise. Das mit dem Reisen überhaupt war eine wunderbare Idee von dir, deine beste Diagnose. Aber das mit dem Nordland war nichts. Ich habe ein anderes Ziel. Wie gesagt, niemand kann wissen, welches. Ich verschwinde ohne Sang und Klang. Nur von dir, dem einzigen Menschen, der mir ausser Wana näherstand, möchte ich Abschied nehmen.

Noch einmal bitte ich dich: verzeih mir! Würdest du irgend einem Menschen alles, was in letzter Zeit mittelbar und unmittelbar durch mich geschah, haarklein erzählen, er würde mich, wie mein armer Krauts, für einen Hund und Lumpen erklären. Aber, weiss Gott, das bin ich nicht. Wie ich selber unter meinem Schicksal gelitten habe, ahnt kein Mensch.

Ich gehöre zu dem unglücklichen Geschlecht der Vorläufer. Wäre ich ein Dichter, würde ich sagen, die Schöpfung erlaube sich mit solchen Vorläufern einen grausamen Scherz. Sie giebt ihnen mehr Geist als allen Mitmenschen, giebt ihnen einen unerschöpflichen Drang zum Thun und Denken, und gönnt ihnen nicht den kleinsten Erfolg. Oder, wenn es ein Erfolg wird, dann einer mit schlechtem Ende. Wer an solchen Vorläufer glaubt, wer sich an ihn hängt, muss leiden

wie er selbst. Das habt ihr alle erfahren müssen,
und wenn ich bliebe würdet ihr das noch mehr erfahren, und ausser euch noch andere. Deshalb ist es
Zeit für mich. „Der Rappe steht gesattelt, durch die
Mitte ab." Was das Schicksal von mir verlangt hat,
habe ich gethan. Ich habe nun das Recht zur Ruhe
und zu dem Reich, in dem jetzt Wana lebt.

Doch ehe ich ging, musste ich einen Nachfolger
finden. Das that ich, als ich dir vorhin meine Manuskripte gab. Nimm sie, führe aus, was ich angefangen habe. Es ist kein Danaergeschenk. Du
wirst glücklicher sein als ich, du wirst meinen Gedanken deine Wärme geben, und sie werden nach-
hallen. Wenn du dann endlich was von den Erfolgen
hast, die ich mir wünschte, dann denke bisweilen an
deinen alten Hardi, der dir dankbar war bis in die
letzten Stunden.

Noch eins: vergiss nicht Caritas und Krauts!

Lebewohl denn!

Dein
Heinrich Hardanger.

Dritter Teil.

I

Er kannte den Norden nur vom Sommer her. Es war ihm das Land der leuchtenden Farben, eine üppigprächtige Märchenwelt, durchrauscht von den Sängen wogender Meere, durchhallt vom unerschöpflichen Leben eines nachtlosen Tags.

Nun ging der Dampfer zwischen Felsen hin, die leichenweiss schimmerten und formlos waren von dickem Schnee. In immer kürzere Tage fuhren sie hinein. Wie ein stetig verengter Gang presste die Nacht diese Tage dichter und dichter. Er fühlte das Schwinden der Sonne fast körperlich, als einen Druck gegen seine Schläfe. Und der Druck hielt sein Auge fest gerichtet auf das Ende dieses Weges, die Schauer der ewigen Nacht. So grausam fest, dass er fast aufatmete, als das letzte bischen Sonnenschein verflog und die Nacht aufdämmerte.

Aber nun drangen andere Qualen in ihn ein.
Der Verkehr mit den Menschen hatte seine krankhafte
Sensitivität gesteigert. Schon in der Einsamkeit am
See hatte er des Nachts die Odhülle um die Dinge
her gesehen. Nicht nur um Menschen, auch um
Bäume, Tiere, Steine. Wie bei Regenwetter das Licht
im Lichtglanz lag die Welt für ihn gebettet in diese
neblig graue Hülle. Eine traurige Welt, ohne Kraft
und Halt, als müsse sie zerfliessen.

An Bord befanden sich einige Passagiere, Kauf-
leute, die der Beruf auf das Meer trieb auch in dieser
trostlosen Jahreszeit. So gut es ging, verkürzten sie
sich die Stunden mit Toddy und Pjolter. Es war
Hardanger grässlich, wenn sie einmal an Deck kamen,
wo er sie nun in ihren dichten Odhüllen sah wie ihre
eigenen Schatten. Ihr Gelächter klang ihm dann unheimlich. Beim Gehen hinterliessen sie breite leuch-
tende Streifen, die die Andern, ohne es zu ahnen, verwischten und zertraten. Bei heftigen Bewegungen
konnten die Funken von ihnen abfliegen wie Wasser-
tropfen.

Das erste Nordlicht zog über den Himmel. Alle
kamen an Deck und bewunderten es. Man sprach
ihn an, hoffte, das werde den mürrischen Deutschen
auf andere Gedanken bringen. Aber der mürrische
Deutsche empfand bei dem Anblick nur Widerwillen.

Er sah den Glanz umdunkelt von einer klebrig schlei-
migen Schicht, er glaubte die Krümmungen einer
ungeheuren Schneckenraupe zu sehen. Dabei der
trübe Glanz der Sterne, das matte Licht um die
Menschen — ah, wie der Ekel an ihm würgte!

Endlich kam seine Endstation. Noch einmal
hörte er das Gangspill rasseln und die Kommando-
rufe der Matrosen „heis!", „fir!", noch einmal sah
er den Krahn die Waren hochheben und in die
Kähne verladen. Dann stiess er ab. An Deck drängten die Passagiere sich zusammen und sahen ihm
nach. Auch der Kapitän war unter ihnen.

Er hatte Glück. Die See ging ruhig, und bald
war ein Lotse gefunden, der bereit war, ihn zur
Leuchtfeuerschäre hinauszusegeln. Er kaufte mit ihm
zusammen ein wahres Magazin von Nahrungsmitteln
an und verlud es ins Boot. Gegen Mittag waren sie
klar zur Abfahrt. —

Hafen und Aussenschären lagen hinter ihnen. Eine
farblose Dämmerung graute über dem Meer. Als sie
in freieres Wasser kamen, stiegen die Wellen höher.
Wie geifernde Rachen schäumten sie ihnen entgegen,
und der Lotse hatte alle Mühe, sie zu parieren.

Drei Stunden waren sie gefahren, da nahm der
Lotse die Pfeife aus dem Mund und wies mit dem
Stiel gradeaus.

„Der henne!"

Hardanger sah in der Ferne aus einem dunklen
Körper heraus ein Licht aufglimmen. Wie ein blin-
zelnder Drache sah es sich an. Es war sein Ziel. Er
wandte kein Auge mehr davon.

Nach einiger Zeit bemerkte er eine schwarze Masse
über der Insel. Langsam zog sie auf. Es war, als
habe ein Stück der schwarzen Nacht sich gelöst und
ziehe dort über den Himmel. Nun rötete sich die
Masse. Ganz schwach, die Farbe verglühender Kohlen.
Plötzlich — die Wolken an dem Punkt des Horizontes,
unter dem die Sonne stand, mussten wie weggeblasen
sein — schoss über die Masse ein düster brennendes
Rot. Gleich einem Steppenbrand jagte es hin. Und
nun erkannte Hardanger die Form. Wie eine Riesen-
tatze war die Wolke gegliedert. So hing sie da am
nachtdunklen Himmel, schwer und drohend. Die
Insel schien sich zu verkriechen vor dieser ungeheuren
Tatze, die jeden Augenblick zuschlagen konnte.

Dann zog das Dunkel sich wieder zusammen,
und die Wolke glitt schwarz und formlos weg. Das
Licht des Feuerhäuschens glomm auf, die Insel wuchs.

Der Kapitän und Aagot warteten in der Bucht.
Als Hardanger die dunklen Gestalten erkannte, zwang
er seine Züge zu einem Lächeln. „God aften!" rief
er über das Wasser.

Aber sein Gruss wurde nicht erwidert.

„Na, ratet mal, wer zu euch kommt" fragte er beim Anlegen.

„Ich weiss: Herr Hardanger — nicht?"

Hardanger war so verblüfft, dass er fast vergass, die Hand zu reichen. Der Kapitän war ein Hellseher, das wusste er aus seinen Erzählungen. Sollte den Alten eine Vision gewarnt haben? Er selbst kannte diese Warnungen ja seit Wanas Tod.

Im blutroten Schein der Seitenlaterne verluden sie den Inhalt des Bootes in den Schuppen vor der Thür. Der Kapitän sah erst teilnahmlos zu, dann fasste er mit an.

„Wozu soviel?" fragte er Hardanger.

Und Hardanger wurde noch scheuer. Ganz verstohlen sah er den Kapitän und Aagot näher an. Der Kapitän musste die letzten beiden Jahre oft seine schlimmen Stunden gehabt haben. Er war sehr finster geworden. Auch Aagot schien gealtert. Sie kamen ihm vor wie alte Eheleute, die sich nicht mehr entbehren können, aber auch keine rechte Freude mehr aneinander haben.

Der Lotse fuhr ab; sie traten ein.

Das Staatszimmer neben der Küche unten war bereits hergerichtet für Hardanger, ganz wie das letztemal. Hardanger dankte mit vieler Überschwänglichkeit, doch der Kapitän blieb stumm und mürrisch.

Noch einmal nahm Hardanger einen Anlauf. „Nun aber an die Arbeit!" rief er und nahm eine Flasche Rum aus dem Handkoffer.

Aber der Kapitän dankte. Er sei zu müde und müsse zu Bett. Dann ging er hinaus. An der Thür drehte er sich noch einmal um.

„Sagen Sie doch, als Sie beschlossen, zu mir zu kommen, das war Dienstag vor acht Tagen?"

„Dienstag vor acht Tagen."

„Um zehn Uhr abends?"

„Zehn Uhr abends. Mein Gott, aber —"

Die Thür schlug zu. Lange noch hörte Hardanger den Kapitän im Zimmer oben auf- und niedergehen.

II

Ja, nur weil er blind war, hatte er schaffen können.

Er stieg wieder über die Felsblöcke weg auf
seinen Lieblingsplatz, die Klippenhöhe im Süden, wo
die Insel als steile Wand ins Meer abfiel.

Im Licht des sternklaren Himmels sah er die
durchfurchten Steine, von wildem Erdbeben zerspellt
wie mit krachenden Axthieben. Er glaubte Grabsteine
zu sehen, stumme Zeugen eines alten Kampfes, eines ohn-
mächtigen verzweifelten Kampfes. „Wanderer, kommst
du nach Sparta —".

Die grosse Passion der Erde that sich ihm auf.
Er sah den roten Stern einsam hinirren durch die
Schauer einer eisigen Nacht. Sah ihn sich wehren
gegen die Schauer, Aeonen hindurch. Und im verzweifelten Leid des einsamen Sterns sah er die Berge
sich bäumen und sah die Höllenfahrt der Thäler.
Und dann als Ende des Kampfes diese Schären. In
ihrem Durcheinander hingeschleudert wie in einem
Wahnsinn, der alles preisgiebt.

In der Ferne glitt ein Segel vorüber. Vor dem
roten Leuchtfeuer fuhr es den weiten Bogen, den alle
Schiffe hier fahren mussten.

Er dachte an die Tage vor zwei Jahren und an
die Gedanken, die derselbe Anblick ihm damals gab.
Da war sein Geist den Schiffen gefolgt, wie sie sicher
ihren Weg liefen, an den Leuchttürmen vorbei, durch
die Seezeichen hin. Da sah er sie landen in den
kleinen runden Häfen, wo die Häuser sich bunt im
Wasser spiegelten. Und in den Häfen verluden sie
die Waren, die sie mitgebracht hatten von ihrer Reise.
Und die Waren wanderten weiter ins Land, auf den
staubigen Landstrassen. Und dann fanden sie Einlass
in stillen Häusern und erzählten den Menschen dort
von fernen Wunderländern. Und wenn die Menschen
dann ihr Haus verliessen und hingingen über die
Strassen —

Die Strassen, ja, diese Strassen — er wurde das
Bild nicht los aus jener Mondnacht. Holzwurm-
spuren . . .

Wer hatte sie gebaut? Wer hatte die Leuchtfeuer entzündet und Seezeichen verankert? Wer war
die Wasserstrassen hier zwischen den Inseln zuerst
gefahren?

Noch immer sah er hinüber auf den verschlagenen
Segler. Da kam es über ihn. Eine Erleuchtung,

licht, erhaben, wie er sie in seinen grössten Tagen nicht grösser gesehen hatte.

Über das Meer hin sah er es rauschen. Boot an Boot. Und jedes Boot am Bug den Drachenkopf und zwölf kräftige Ruderer an Bord. Blondbärtige, langlockige Ruderer. Und die Ruderer sangen ein heiliges Lied. Das dröhnte zum Himmel und dehnte die Nacht. Die Ruder schlugen den Takt, und der Wind blähte die Segel. Und mit dem Wind und mit dem Liede rauschte der Wikingerzug hin über das Meer gen Süden.

Die Segel, das Lied, der Wiking — ah, dass er das vergessen konnte! Die Kraft, die diesen Zug getrieben, sollte nicht die Kraft der Erde sein? Dieselbe Kraft, die Berge warf und Thäler senkte? Und er hatte die Kinder der Erde verdächtigt!

Zug nach Zug sah er vorübergleiten. In den Ländern, wo die Ruderer landeten, wuchsen Berge in den Himmel, heilige Baldersberge. Und um die Berge her gedieh ein Volk. Und das Volk streckte Fangarme aus in Völkerkriegen und Völkerzügen. Und in den Zügen, die hinüber schossen und herüber, lebte die Kraft des rollenden Sterns, des einsamen Sterns, der seinen Kampf kämpft gegen die Schauer der Nacht — aber einen Kampf, der seinen Sieg vor Augen hat.

Und weiter und weiter wühlte die Kraft, warf
Felsen bei Seite, denen das letzte Leben verglommen,
drängte Strassen durch Wälder und Schluchten, und
dann liess sie sich nieder in Hütten und Häusern,
fernab, und baute Felder um sich her.

Schon will das Leben zerfliessen in tausend Arme
und Ärmchen. Doch die Schauer der Ewigkeit mah-
nen den Stern. Und von neuem fasst er seine Kraft
zusammen, staut sie auf in grossen Städten, tastet
nach neuen Mitteln in den Hirnen seiner Menschen.
Und ein Hirn trifft er in einer grossen Stadt, durch
das findet er einen Ausweg. Und nun sinnt er in
ihm und sinnt. Seinen Golfstrom will er anders führen
und seine Passate, und seine Blitze will er besser
leiten, und seine Meere — und dieses Hirn — und
dieser Mensch —

„Heini! Armer, armer Heini!!"

Ein Schwindel sog ihm das Blut aus dem Kopf.
Er fühlte keinen Grund mehr unter sich. Nur ein
endloses Fallen und eine wüste Angst.

III

Hardanger fuhr auf aus einem stumpfen Halb-
schlaf. Der Kapitän kam mit einer Klingel aus der
Küche, ging, immerfort klingelnd, majestätisch durch
Hardangers Zimmer und wieder zurück zur Küche.
Dann lachte er.

„Hahaha, ich muss schon Steward, Koch und
Kapitän zugleich sein für meinen verehrten Passagier.
Die Kerls sind mir ja alle desertiert."

Der Scherz des Kapitäns war so mühsam er-
zwungen wie das Lächeln Hardangers.

Es gab norwegische Grütze heute, ein National-
gericht, für das Hardanger sich vor zwei Jahren be-
geistert hatte. Heute schien er die Aufmerksamkeit
des Kapitäns zu übersehen.

Sie sassen sich schweigend gegenüber. Das
Rauschen der See klang dumpf ins Zimmer, wie ver-
haltenes Grollen. Bisweilen stieg eine Welle höher.
Dann klang es, als wollte sie drohen.

„Sagen Sie, Herr Hardanger, das mit gestern

Abend dürfen Sie mir nicht übel nehmen. Ich war wirklich zu müde zum Trinken."

Aber Hardanger sagte nichts. Er sah nur blöde vor sich hin und horchte auf den Seegang. Es war, als ob ihn eine unsichtbare Leitung damit verbände, so genau entsprach das nervöse Zucken seiner Hand dem Steigen und Sinken der Wellen.

„Zum Teufel, schmeckt Ihnen meine Grütze nicht?"

„Doch doch, Herr Kapitän!" Die Antwort war eilfertig und schüchtern.

Endlich hielt der Kapitän die Stille nicht mehr aus.

„Der Teufel soll mich zerbrechen, wollen Sie hier den Racheengel spielen?"

Die Flut draussen stieg. Das brachte den Kapitän noch mehr in Wut.

„Ob Sie den Racheengel spielen wollen?! Ich rate Ihnen, sehen Sie sich vor! Eine Faust habe ich, eine Faust —!"

Und er schlug mit der Faust auf den Tisch, dass die Teller sprangen. Hardanger stand zitternd auf. Seine Lippen bewegten sich, aber sie brachten es zu keinem Wort. Rückwärts ging er zur Thür hinaus, den Blick ängstlich auf den Kapitän geheftet.

Draussen blieb er halb bewusstlos stehen und atmete einigemale tief auf. Das brachte ihn zu sich. Er ging zur Klippe. Als er an die Stallthür kam, sah Aagot ihn an. Ein müdes Lächeln kam in sein Gesicht. Er hielt an.

„Haben wir beide es schlimm gehabt die letzte Zeit, Aagot?"

Er klopfte ihr auf den Hals. Dann schlich er weiter, die Klippe hinauf — —

Jaja, bei dem Schlag war er gebrochen. Der Tod Wanas hatte ihn nur entwurzelt. Das alte Laub konnte da noch grünen eine Zeit lang, wenn auch nichts Neues mehr zuwuchs. Der Blick heute Nacht aber, das war ein Blitzschlag. Nun lag er verdorrt.

Ja, und die Wellen stiegen, und der Mond ging durch die Sterne, und die Schären —

Wie, verlor er auch die Sehkraft?

Ein Nebel schwamm ihm vor den Augen. Und der Nebel wurde grösser, er wuchs um ihn zu. Mit den Händen tastete er um sich. Aber er wagte keinen Schritt.

Dann riss er die Augen auf und sah zum Himmel. Sein Blicke stachen in den Nebel, sie bohrten sich ein, sie schrieen nach einem Ausweg.

Da wurde es lichter. Er sah wieder Punkte, Flecken, dann den Mond und die Sterne.

Mond und Sterne — wirklich, waren sie das? Hatte er einen neuen Blick bekommen?

Er sah nicht mehr die matten, odgetränkten

Scheiben: die Hüllen hatten Formen angenommen.
Und nun krochen Quallen über den Himmel, zuckende
schleimige Quallen.

Die Quallen waren rot, wie vollgesogen von Blut.
Aber sie waren noch nicht satt, sie sogen weiter, sie
sogen an ihm!

Er fiel auf die Kniee und sah unter sich. Nichts
sehen mehr dort oben! Dort war der Wahnsinn!

Und auf die Hände gestützt, bog er sich über
den Klippenrand.

Doch es liess ihn nicht frei. Auch die Wellen
zuckten und waren saugende Quallen. Und Strich an
Strich übers Meer hin die Wellen waren saugende
Quallen. Das ganze Meer war ein einziger Polyp.
Der frass am Land, an seiner Schäre, und die Schäre
schmolz drunter weg, und dann stürzte der Polyp
auf ihn selbst und —

Er drehte sich einigemale um sich selbst in hilflosem Entsetzen. Dann hielt er die Ohren zu vor der
Brandung und lief zur Schlucht im Innern der Schäre.

Ruhe haben, Ruhe! Um Gotteswillen, so wollte
er nicht sterben, nur so nicht!

Aber zum drittenmal schlang es sich um ihn
her, dichte schwimmende Nebel. Und die Nebel ent-
krochen sich und wurden Geschöpfe, unheimlicher
als die am Himmel und im Meer. Keimhafte Miss-

bildung, unfertiges Wesen alles. Spinnen und Krabben schabten über den Boden. Ein Kranz von Embryonen umtanzte ihn in scheusslicher Behendigkeit. Die ungeheuerlichen Köpfe wackelten auf dürren Leiberchen, und ihre schwachen Stimmen meckerten grausig.

Er presste sich die Stirn. Sie war leichenkalt, und doch pochte das Fieber in den Schläfen.

Da plötzlich schwand das Chaos der kleinen Missgeburten, und ein einziges Wesen lag nur noch vor ihm. Das hatte einen Leib, grau wie der Nebel, aus dem es sich wand. Aber der Leib war nicht fest, und es war nicht zu sehen, wo Leib und Nebel sich trennten. Sie flossen ineinander, trüb und schmutzig.

Nur etwas an dem Wesen hatte feste Linie. Das waren die Augen. Aber die Augen waren ohne Pupille, sie waren scheu und schielend. Sie sahen ihn an in maassloser Gier, aber keinen Blick konnte er auffangen von ihnen. Und doch drängten die Augen sich vor. Sie quollen heraus aus dem Körper, der ihnen zu langsam schien. Und sie nickten ihm zu, und wanden sich, und kamen schielend immer näher.

Er stürzte auf das Ungeheuer zu und krallte die Hände ein, wo die Kehle liegen musste. Und dann würgte er und würgte, und trat um sich und stampfte. Aber unter den Fingern und unter den

Füssen quoll es wieder hervor. Und die zerquetschten Glieder bekamen Augen, scheue schielende Augen, die sahen ihn an und nickten und drängten sich vor.

Da schrie er auf, mit gellender Stimme, dass er die Brandung übertönte.

„Wana! Wana! Wana!!"

Dann brach er bewusstlos zusammen.

IV

Mit schwerem Kopf kam er allmählich wieder zum Leben. Er war so tief vergraben gewesen in Bewusstlosigkeit, dass er sich selbst nicht finden konnte anfangs. Wer war er? Auf welcher Welt lebte er? Ganz langsam tastete sein Geist sich dann zurück. Der Kapitän musste ihn an der Bucht gefunden und zu Bett gebracht haben. —

Draussen stöhnte der Wind übers Meer in langen Zwischenräumen, begleitet vom dumpfen Dröhnen des Seegangs. Es lag Kraft in der Stimme des Windes, und doch auch Ohnmacht. Wie ein gefesseltes Wetter klang es, das in seinen Ketten jammert. Bisweilen fuhr der Wind durch den Schornstein. Dann bebte es durchs Haus wie bange Klage. Er entsann sich einer schweren Nacht im Glöcknerhaus. Da hatte der Wind auch so gestöhnt. Der Glöckner hatte aufgemerkt und ein Gebet gemurmelt. Das sei die Nacht der frühen Toten. Da war die Luft voll düsterer Schatten. Was zu früh und was verflucht gestorben war, entrang sich dem Grab und irrte umher. Das machte die Nacht so schwarz und die Luft so schwer. Er lauschte auf die Klagen. Sie schienen ihm naher und näher zu kommen. Aber die Zwischenräume wurden länger. Dann dröhnten die Wellen wieder stärker gegen die Schäre.

Plötzlich, wie hineingeschleudert von einer mächtigen Welle, ein langes Stöhnen. Es kam nicht von draussen, auch nicht durch den Schornstein, es war im Zimmer selbst.

Er richtete sich auf. Aber es war still. So legte er sich wieder.

Sein Geist musste doch sehr gelitten haben. Das war der Anfang der Hallucination.

Da — wieder sprang er auf. Kein Stöhnen mehr, aber ein Schlürfen.

Es war wohl der Kapitän.

Nein, der musste jetzt schlafen, er hörte ja sein Atmen.

Hardanger krampfte die Hände. Ganz deutlich sah er vor sich einen Nebel. O Gott, nur nicht diese grässliche Vision des Ekels mehr! Er zog sich die Decke übers Gesicht und schloss die Augen.

Aber was er nicht sehen wollte, drängte sich seinem Fühlen auf. Es würgte an ihm, als wollte es ihn ersticken.

Er nahm die Decke wieder fort, und nun kam Gestalt in den Nebel.

Nein, das war nichts aus der Welt des Gewürms. Das war eine menschliche Gestalt. Sie schwebte ihm näher und näher, und ihre Formen klärten sich.

Grässlich, das musste seine Kraft sein, von der der Nebel da sich formte. Er wurde schwächer, er konnte den Arm nicht mehr heben. Dann wurde sein Körper so schwer, so zentnerschwer, dass er fürchtete, das Bett könne die Last nicht tragen.

Nun war es ganz klar. Ein Seemann. Auf dem Kopf den Südwester, um Kinn und Wangen ein weisslicher Bart. Ein grauer Schimmer ging von ihm aus. Grau war die Gestalt, grau das Gesicht. Nur die Augen hatten Farbe, und um das rechte Auge ein dunkler Ring, wie von einem furchtbaren Faustschlag.

Diese Augen! Wie sie ihn anstarrten, wie sie ihn schwächten!

Seine Brust keuchte und seine Lippen bebten. Er tastete nervös mit den Fingern und wollte sich aufrichten. Aber jede Bewegung war ihm unmöglich.

Und immer näher kam die Gestalt, und immer eisiger war der Lufthauch, den sie ausstrahlte.

Da endlich kam es von Hardangers Lippen, schwach und flüsternd: Wanas Name.

Die Züge des Geistes wurden schwächer.

„Wana —"

Hardanger hob die Hand. Er sprang auf, und den schreckensweiten Blick in die Nacht gerichtet, schrie er so laut er konnte zum drittenmal den Namen. Die Erscheinung war zerflossen. Übers Meer hin klagte der Wind, und die Brandung dröhnte. Wieder hörte er ein Geräusch. Aber jetzt war es der Kapitän. Hardangers Schrei musste ihn geweckt haben.

Der Kapitän! Wie eine Erlösung kam Hardanger der Gedanke. Er warf die Decke von sich und lief hinauf in das Zimmer des Kapitäns. Im gelben Licht der Mattscheibe, die das Zimmer vom Leuchtfeuer trennte, sah Hardanger den Alten im Bett sich aufrichten.

„Herr Kapitän, mein Gott, was ist das?! Auf dem Kopf hatte er einen Südwester, um das rechte Auge war ein blutroter Kreis, grade als ob —"

„Was? Ihr habt ihn gesehen?!"

Der Kapitän sprang auf Hardanger los.

„Gesehen habt Ihr ihn? Und nun wollt Ihr mich verklagen?! Aber ich habe ihn nicht umgebracht! Nein! Und wenn Ihr das sagt —"

Er packte Hardanger an den Schultern und schüttelte ihn.

„Herr Kapitän, so hört doch, hört doch!"

Das hilflose Schluchzen rührte den Kapitän.

„Glaubt mir doch, ich bin nicht zu Euch gekommen als Rächer. Nur sterben will ich hier, ruhig
sterben. Ich weiss nichts von Euch, ich will nichts
wissen, ich —"

Er sprach nicht aus. Vor den Füssen des Kapitäns knickte er zusammen, wie vom Schlag getroffen.

V

Gegen Abend hatte der Sturm nachgelassen.
Der Kapitän legte sich nieder, halbtot vor Erschöpfung.
Endlich blies auch Hardanger das Licht aus. Aber
schlafen konnte er nicht. Mit überreizten Nerven
hörte er um Mitternacht den Sturm wieder losbrechen,
befreit von seinen letzten Ketten. Das Haus stöhnte
in seinen Fugen, als ob es von Riesenhänden gepackt
und geschüttelt würde, wie der Kapitän die vergangene
Nacht ihn selbst geschüttelt hatte.

Da hörte er unter seinem Fenster ein Läuten und
Trappeln. Er glaubte an Sinnestäuschung und sah
nach. Aber es war richtig, vor dem Hause lief Aagot
auf und ab und brüllte — so schmerzlich, dass Hardanger es nicht aushielt. Er eilte hinauf zum Kapitän
und wollte ihn wecken.

Doch der Kapitän war bereits wach. Seinen
kleinen Tisch hatte er sich an die Mattscheibe des
Leuchtfeuers gerückt. Da sass er und las in einer
alten Bibel.

„Herr Kapitän, hören Sie nicht? Ihre Aagot hat sich freigemacht."

Der Kapitän sah sich müde nach Hardanger um: „Ja ja, die Tiere haben eine merkwürdige Witterung oft."

„Aber wollen Sie denn Aagot nicht wieder in den Stall bringen?"

„Wozu? In zwei, drei Stunden ist doch alles zu Ende."

Hardanger sah mit glasigen Augen zum Kapitän hinüber. Ihm war, als sehe er einen Nebel aufsteigen hinter seinem Rücken. Eine grässliche Angst packte ihn. Er sprang die Treppe hinunter und lief hinaus in die Sturmnacht.

Als er um die Hausecke bog, warf ihn der Wind zu Boden. Gleichzeitig meinte er von der Bucht her einen Ruf zu hören und bald danach einen zweiten, der ihm antwortete. Auf allen Vieren musste er weiterkriechen, so fürchterlich wehte der Sturm ihn an.

Als er am Fuss seiner Klippe war, sah er sich um. Eine ungeheure Welle rollte über das Meer, grade auf das Leuchthaus zu. Sie brach sich am Felsen. Einen Augenblick wirbelte der Gischt wie ein Schneegestöber um das Haus; dann schoss die Brandung gleich einem Wasserfall über die Schärenwand zurück ins Meer.

Aber schon kam eine zweite Welle. Noch mächtiger als die erste. Wie ein Riese bäumte sie sich hoch vor dem Hause. Im Gischt unterschied Hardanger in allen Einzelheiten eine weisse Faust. Und die Faust hob sich drohend gegen die Scheiben des Leuchtfeuers. Dann verschwand sie mit der Brandung im Meer.

Die dritte Welle kam. Hardanger wagte nicht zu atmen. Er wusste, dass von den grossen Sturmwellen die dritte die fürchterlichste war. Und er sah sie kommen, sah den Schaum auf ihrer Brandung schimmern, wie den Firnschnee auf einem Höhenzug. Dann ein entsetzlicher Knall, als werde die ganze Schäre in die Luft gesprengt, und die weisse Faust schlug krachend gegen das Haus.

Als die Wasser sich verliefen, war es finster auf der Insel. Die Welle hatte die Scheiben zerschlagen.

Ein schwaches Läuten klang an Hardanger vorbei. Das war Aagot, die wie wahnsinnig in die Nacht hinraste. Hardanger starrte ihr nach, sie lief zur Bucht hinunter.

Da sah er zwei weisse Flecken. Die kamen von der Bucht her und gingen auf das Haus zu. Ganz nahe schlichen sie an Hardanger vorüber. Gebückte, wie bucklige Gestalten, in weisse Laken gehüllt. In dieser grässlichen Nacht, in der alles toste in Aufruhr, gingen sie langsam, langsam hin auf das Haus. Hardanger sah sie tasten, weiter und weiter, eine endlose Zeit, bis sie endlich vor den Bretterwänden standen. Dort verschwanden sie.

Er wandte das Ohr ihnen nach und lauschte mit offenem Mund. Da — ein Schrei, ein kreischender Schrei, der die Seele zerschnitt. Der Kapitän.

„Wana! Wana!" Weiter konnte Hardanger nichts denken mehr.

„Wana!!" Er kroch ganz die Klippe hinauf.

Da glomm es auf am schwarzen Himmel. Ein Stern, ein weisser Stern kam nah. Und ein Tönen ging von ihm aus, ein Klang — ah, sie hörte ihn, sie kam!

Und immer näher schwebte der Stern, und immer mächtiger wuchs der Klang. Das Pfeifen der Winde, das Rollen der Wellen schickte sich ihm, und laut, laut hallte es in den Himmel hinein, ein rauschendes Halleluja, Ihr Lied, Ihr Klang. —

Dann sank der Stern, tief, tiefer. Unter den Wassern schimmerte es her, kam auf die Klippe zu, breitete die Arme aus — nach ihm.

„Wana!"

Und mit einem Schrei der Freude sprang er hinein in die rasende Flut.